Bernardo/Halhuber Die Quickwert-Selbstbestimmung

Dr. med. Angelika Bernardo
Dr. med. Carola Halhuber

Die Quickwert-Selbstbestimmung

Aktive Lebensgestaltung
trotz Gerinnungshemmung

Ein Patientenbuch der
Deutschen Herzstiftung e.V.

TRIAS THIEME HIPPOKRATES ENKE

Anschrift der Autorinnen:
Dr. med. Angelika Bernardo
Dr. med. Carola Halhuber
Herz-Kreislauf-Klinik Bad Berleburg
57319 Bad Berleburg

Umschlaggestaltung und
Konzeption der Typographie:
B. und H. P. Willberg, Eppstein/Ts.

Textzeichnungen:
Friedrich Hartmann, Nagold

Fotos:
Boehringer Mannheim GmbH

*Die Deutsche Bibliothek –
CIP-Einheitsaufnahme*

Bernardo, Angelika:
Die Quickwert-Selbstbestimmung:
aktive Lebensgestaltung trotz
Gerinnungshemmung
Angelika Bernardo, Carola Halhuber
– 2. Aufl. – Stuttgart: TRIAS –
Thieme Hippokrates Enke, 1995
(ein Patientenbuch der Deutschen
Herzstiftung e. V.)
NE: Halhuber, Carola:

Wichtiger Hinweis:

Wie jede Wissenschaft ist die Medizin ständigen Entwicklungen unterworfen. Forschung und klinische Erfahrung erweitern unsere Erkenntnisse, insbesondere was Behandlung und medikamentöse Therapie anbelangt. Soweit in diesem Werk eine Dosierung oder eine Applikation erwähnt wird, darf der Leser zwar darauf vertrauen, daß Autoren, Herausgeber und Verlag große Sorgfalt darauf verwandt haben, daß diese Angabe dem Wissensstand bei Fertigstellung des Werkes entspricht.

Für Angaben über Dosierungsanweisungen und Applikationsformen kann vom Verlag jedoch keine Gewähr übernommen werden. Jeder Benutzer ist angehalten, durch sorgfältige Prüfung der Beipackzettel der verwendeten Präparate und gegebenenfalls nach Konsultation eines Spezialisten festzustellen, ob die dort gegebene Empfehlung für Dosierungen oder die Beachtung von Kontraindikationen gegenüber der Angabe in diesem Buch abweicht. Eine solche Prüfung ist besonders wichtig bei selten verwendeten Präparaten oder solchen, die neu auf den Markt gebracht worden sind. Jede Dosierung oder Applikation erfolgt auf eigene Gefahr des Benutzers. Autoren und Verlag appellieren an jeden Benutzer, ihm etwa auffallende Ungenauigkeiten dem Verlag mitzuteilen.

Rüdigerstraße 14,
70469 Stuttgart
Printed in Germany
Satz und Druck:
Gulde-Druck GmbH, Tübingen
(Linotype System 6 [300 LTC])

ISBN 3-89373-321-3   1 2 3 4 5 6

Marina und Manuel zugeeignet

Zu diesem Buch

Es gibt immer mehr Menschen – etwa 1 Mill. in Deutschland –, die aufgrund einer Erkrankung gerinnungshemmende Medikamente einnehmen müssen: z.B. Patienten mit großem Herzinfarkt, Aneurysma, Blutgerinnsel in der linken Herzkammer, Patienten mit Vorhofflimmern, Kardiomyopathie, Träger künstlicher Herzklappen, Patienten mit Durchblutungsstörungen der Beinarterien und Patienten mit tiefer Bein- und Armvenenthrombose, Patienten mit Lungenembolien sowie Patienten mit Gerinnungsstörungen (Thrombophilie). Für Patienten mit künstlichen Herzklappen ist die gerinnungshemmende Behandlung eine entscheidende, lebenslang gleichbleibende Notwendigkeit. Aus diesem Grunde beziehen wir uns im folgenden vor allem auf diese Patientengruppe. Nach der Operation bereitet die dauerhafte Gerinnungshemmung vielen Patienten Sorgen die Aussicht auf lebenslange, relativ engmaschige Blutentnahmen aus der Vene, die Erfahrung schwankender Quickwerte, die Einschränkung der Alltagsgestaltung.

Seit 1986 haben Patienten in der Herz-Kreislauf-Klinik Bad Berleburg die Möglichkeit, die Quickwert-Selbstbestimmung zu erlernen. Nach ihrem Aufenthalt in der Reha-Klinik können sie die Quickwert-Bestimmung mit einem kleinen handlichen Gerinnungsmeßgerät selbständig zu Hause durchführen. Über 1000 Patienten haben in der Herz-Kreislauf-Klinik Bad Berleburg dieses relativ neue Verfahren bisher erlernt. Die Erfahrungen, die diese Patienten damit gemacht haben, sind sehr ermutigend. Die inzwischen vorliegenden Ergebnisse dreier Nachuntersuchungen bestätigen das. Dafür verlieh die Deutsche Herzstiftung Angelika Bernardo 1991 ihren Förderpreis.

Dieser Ratgeber soll allen Patienten, die sich für die Quickwert-Selbstbestimmung interessieren, eine erste Orientierung geben. Er soll denjenigen Patienten, die die Quickwert-Selbstbestimmung erlernen, eine Hilfe sein, sowohl während der Schulung als auch nachher zu Hause. Der Ratgeber soll darüber hinaus Ärzte, MTA's, Schwestern und Arzthelferinnen unterstützen, die in ihrer Klinik oder Praxis Schulungen für antikoagulierte Patienten anbieten wollen.

Dr. ANGELIKA BERNARDO
Dr. CAROLA HALHUBER

Leben mit der neuen Herzklappe

In diesem Ratgeber geht es vor allem um die neue Lebenssituation von Patienten, die an ihrer Herzklappe operiert wurden und lebenslang Gerinnungshemmer, z. B. Marcumar®, einnehmen müssen. Bevor wir aber auf die speziellen Probleme, die sich auf diese Dauerbehandlung und die dazugehörigen Gerinnungskontrollen beziehen, näher eingehen, scheinen uns einige allgemeine Überlegungen angezeigt. Durch unsere Arbeit in einer Rehabilitationsklinik für Herz-Kreislauf-Kranke erleben wir in Einzelgesprächen, in Herzgruppen und auf Patientenseminaren immer wieder das große Informationsbedürfnis dieser Patienten. Sie wollen erfahren, wie sie mit der neuen Situation umgehen und leben sollen, wie sich nach der Operation ihr Alltag verändern wird. Persönliche Aspekte, Gefühle von Angst und Depression, die körperliche Belastbarkeit nach der Operation, die zuverlässige Einnahme von Medikamenten, das weitere Leben mit der Familie und dem Partner, die Wiedereingliederung in den Beruf: all dies sind Fragen, die besprochen und neu bewertet werden müssen.

Der Alltag nach der Herzoperation

Mit dem Austausch der Herzklappe werden zwei Ziele verfolgt: Lebensdauer und Lebensqualität des Patienten zu verbessern.

In den Gesprächsrunden der Herz-Kreislauf-Klinik Bad Berleburg erfahren wir oft von erfüllten, häufig aber auch von unerfüllten Erwartungen. Sicherlich hat es nicht zuletzt etwas mit vielfach anzutreffenden mechanistischen Vorstellungen von Krankheit und Gesundheit zu tun, wenn wir nach der Operation oftmals hören, daß man sich bei diesen Eingriff ähnlich wie einen Motoraustausch beim Auto vorgestellt habe: man gibt das Auto ab, der Motor wird ausgetauscht und anschließend fährt man los, »als ob nichts gewesen sei«.

Mit dieser Einstellung sind Enttäuschungen vorprogrammiert. Einerseits kann die volle, uneingeschränkte Belastbarkeit und Leistungsfähigkeit durch die Operation nicht unbedingt wiederhergestellt werden. Andererseits wird dieses Behandlungsziel erst nach Wochen oder Monaten wieder erreicht sein. Macht man sich bewußt, daß mit der Operation zunächst nur der Ventildefekt im Herzen korrigiert wurde, so wird klar, daß mögliche Heilungsvorgänge mit der Operation nur begonnen haben.

Körperliche Belastbarkeit

In körperlicher Hinsicht verbessert der Klappenersatz bei den meisten Menschen die Belastbarkeit. Sie bleibt jedoch in manchen Fällen auch nach der Operation mehr oder weniger eingeschränkt. Erfahrungen mit der Bewegungstherapie bei Koronarkranken, etwa nach Bypass-Operationen, sind auf die Patienten nach Herzklappenersatz nicht unmittelbar übertragbar. Die Belastbarkeit nimmt im allgemeinen nach Herzklappenersatz langsamer zu, weil durch die Herzklappenfehler der Herzmuskel vor der Operation in einer anderen Weise betroffen war. Und das bedeutet: Sie brauchen mehr Geduld, die sich aber fast immer lohnt.

Bewußte Auseinandersetzung mit der Zukunft

Von großer Bedeutung ist selbstverständlich auch die seelische Verfassung nach der Herzoperation. An erster Stelle stehen dabei Fragen nach der weiteren Gestaltung des Alltags, der Partner- und Familienbeziehungen. Sehr bald nach der Operation erhalten auch Gedanken an die berufliche Zukunft und die soziale Absicherung Raum. Entscheidende Voraussetzungen für psychische Ausgeglichenheit nach der Operation ist die bewußte Auseinandersetzung mit der neuen Situation: für jeden Lebensbereich gibt es nach der Operation neue Lebensperspektiven, allerdings unter anderen, veränderten Bedingungen. Es mag Ihnen nicht mehr möglich sein, Dreitausender zu besteigen, Wasserski zu fahren oder zu surfen. Aber könnten Sie nicht eine Wanderung im Mittelgebirge, ja sogar einen Waldspaziergang mit seinen vielfältigen Erlebnismöglichkeiten im Bereich der Natur intensiver und bewußter genießen? Die »Annahme der Krankheit«, d.h. der Friedensschluß mit dem Schicksal, bietet die Chance, das Leben neu zu bewerten. Sie kann zu einer neuen Zukunftsorientierung führen, zum Ausgangspunkt eines bewußteren und glücklicheren Lebens.

Das Leben neu beginnen – Die selbständige Durchführung des Quick-Tests

Viele Menschen empfinden es als belastend, daß sie nach der Operation weiterhin Medikamente einnehmen müssen. Besonders die dauerhafte Gerinnungshemmung – auch »Marcumarisierung« genannt – bereitet vielen Patienten Sorgen.

Immer wieder weisen uns Patienten darauf hin, wie sehr sie durch die Aussicht auf lebenslange, relativ häufige Einstiche in die Venen, sowie durch die Erfahrung schwankender Quickwerte belastet sind. Diese Schwankungen werden bei der üblichen Quickwert-Kontrolle in Abständen von drei Wochen relativ schlecht und spät erkannt. An Wochenenden, an Feiertagen, auf beruflichen Reisen, im Studium oder im Urlaub sind diese Schwankungen nur schwer zu kontrollieren und zu korrigieren. Am Arbeitsplatz und bei Bewerbungen um eine Arbeitsstelle sind lebenslang »marcumarisierte« Patienten durch die notwendige, regelmäßige Abwesenheit zur Quickwert-Bestimmung beim Arzt im Nachteil gegenüber anderen Bewerbern.

Die Quickwert-Selbstbestimmung

Um diese Belastung zu vermindern und die Rückkehr in den gewohnten Lebensrhythmus zu erleichtern, führen wir seit 1986 in der Herz-Kreislauf-Klinik Bad Berleburg Schulungen durch, die dem Patienten die selbständige Durchführung des Quick-Tests ermöglichen. Die Selbstbestimmung des Quickwerts wird mit Hilfe eines kleinen handlichen Gerinnungsmeßgerätes durchgeführt. Nach unseren nunmehr langjährigen Erfahrungen hat die Quickwert-Selbstbestimmung folgende Vorteile:

- Durch eine sorgfältige, engmaschige Quickwert-Selbstkontrolle kann die Komplikationsrate – also das Blutungs- und Thromboembolierisiko – gesenkt werden.
- Eine sorgfältige, engmaschige Quickwert-Selbstkontrolle kann zu einer besseren Langzeit-Antikoagulation und damit zu einer Verbesserung von Lebenserwartung und Lebensqualität führen.
- Die Kapillarblutentnahme, bei der das Blut aus der Fingerkuppe entnommen wird, schont die Venen. Die Belastungen, die sich durch lebenslange, relativ häufige Venenpunktionen ergeben, besonders wenn man dünne »schlechte« Venen hat, werden vermieden.
- Die Selbstkontrolle zum selbstgewählten Zeitpunkt kann zu einer erheblichen psychosozialen Entlastung führen. Dies gilt vor allem für jene Patienten, die durch lebenslange, engmaschige Quickwert-Kontrollen in der ärztlichen Praxis in ihrem beruflichen Alltag, in ihrer Freizeitgestaltung und Freizügigkeit belastet und beeinträchtigt sind.

- Eine aktive Beteiligung des Patienten an seiner Behandlung führt – wenn er sorgfältig informiert und geschult worden ist – in der Regel zu einer Verbesserung des »therapeutischen Arbeitsbündnisses« zwischen Arzt und Patient. Ermutigende Erfahrungen aus der Blutzucker-Selbstbestimmung bei insulinbedürftigen Zuckerkranken und der Blutdruck-Selbstmessung bei Patienten mit Bluthochdruck liegen seit vielen Jahren vor.

Optimale Gerinnungshemmung

Diese Vorteile wurden durch regelmäßige Nachuntersuchungen von Patienten, die bereits über mehrere Jahre die Quickwert-Selbstbestimmung durchführen, bestätigt. Die Nachuntersuchungen zeigen, daß die Patienten nach sorgfältiger Schulung imstande sind, ihre Quickwerte zuverlässig selbst zu bestimmen und den Gerinnungshemmer selbst adäquat zu dosieren. Sie können auf diese Weise für eine optimale Gerinnungshemmung (Antikoagulation) sorgen, die sich den Wechselfällen des Alltags anpaßt. Die Qualität der Quickwert-Selbstbestimmung darf als gut, ja sogar als sehr gut bezeichnet werden. In den Jahren der Nachuntersuchung war sie besser als diejenige konventionell behandelter Patienten: nahezu 83% aller selbst ermittelten Quickwerte lagen im therapeutischen Bereich. Bei konventionell behandelten Patienten liegen 40–60% der Gerinnungskontrollen im therapeutischen Bereich. Eine optimale Gerinnungshemmung mit möglichst vielen Gerinnungswerten im therapeutischen Bereich und möglichst geringen Schwankungen bei diesen Werten ist der beste Schutz vor Blutungskomplikationen und Gerinnselbildung.

Aus dem Brief einer Patientin

»Damals in meiner Wut und Unkenntnis, war ich doch recht verzweifelt und fühlte mich der Kenntnis und der Unkenntnis, dem Verständnis, aber auch dem Unverständnis des medizinischen Personals ziemlich ausgeliefert. Mein Vertrauen in die Medizin, von der man ja doch abhängig ist, war ganz schön geschrumpft. Das Marcumar nahm ich mit größtem Unmut ein, und meine Klappe mochte ich auch nicht mehr. Ein Zustand, von dem ich nicht wußte, wie lange er auszuhalten war. Heute sieht die Sache – Gott sei Dank – ziemlich anders aus. Mein erworbenes Wissen trägt selbstverständlich dazu bei, aber noch mehr, daß ich aktiv etwas zum eigenen Wohlergehen beitragen kann. Ich freue mich jedesmal, wenn ich meinen Quick selbst bestimme. Das Gefühl, nicht behandelt zu werden, sondern selbst etwas zu tun, rauszukommen aus dieser passiven Rolle, wertet einfach auf. Das ist keinesfalls unwesentlich, da der chronisch Kranke in dieser Gesellschaft ja von vorneherein erst einmal abgewertet ist. Jetzt ist alles viel normaler geworden und die Bestimmung reißt mich nicht mehr aus meinem Tagesablauf heraus, sondern sie fügt sich ein. Man verliert die Angst vor diesem Schreckgespenst »Marcumar«, wird selbständiger und damit wird auch die Krankheit selbstverständlicher. Man hat sie nicht nur, sondern man lebt mit ihr!«

Blutgerinnung

Blut ist für uns alle lebensnotwendig. Es zirkuliert ständig im Körper, es versorgt alle Organe mit Sauerstoff und Nährstoffen, es transportiert Schlackenstoffe ab.

Blut besitzt die Fähigkeit, unter bestimmten Bedingungen zu gerinnen. So lassen sich rasch äußere oder innere blutende Wunden verschließen. Dieser Vorgang ist Ihnen bekannt: wenn Sie sich verletzt haben, blutet die Wunde. Aber nach kurzer Zeit hört die Blutung auf, weil das austretende Blut »gerinnt«.

Blutgerinnsel

Die Wunde wird durch ein Blutgerinnsel – den »Thrombus« – verschlossen. Das Blutgerinnsel entsteht durch das Zusammenspiel von Gerinnungsfaktoren und Blutplättchen. Dieser Mechanismus in unserem Blutkreislauf sorgt dafür, daß wir nicht schon bei kleineren Verletzungen verbluten. Unter dem geronnenen Blut kann die Wunde heilen. Bei der Blutgerinnung handelt es sich also um einen Schutzmechanismus.

Bei bestimmten Erkrankungen bewirkt dieser Schutzmechanismus jedoch das Gegenteil, wenn Blut nicht außerhalb, sondern in unserem Körper gerinnt. Dann können Blutgerinnsel in den Herzhöhlen z.B. im linken Vorhof, aber auch in Schlagadern und in Venen entstehen. Erkrankungen im Gerinnungssystem selbst können mit einer erhöhten Bildung von Blutgerinnseln im Körper einhergehen.

Der Herzklappenersatz führt aus vielerlei Gründen zu einer erhöhten Gerinnungsneigung an der Kunstklappe selbst. Dort kann sich ein Blutgerinnsel – ein Thrombus – bilden. Dies kann zur Öffnungs- oder Schließunfähigkeit der Klappe führen.

Endokarditis

Schon ein gering ausgeprägter, flächenhafter thrombotischer Belag einer Kunstklappe birgt die Gefahr, zum Nährboden für Bakterien zu werden. Dieser Vorgang kann die Entstehung von einer bakteriellen Herzinnenhautentzündung (Endokarditis) begünstigen.

Embolie

Eine andere Gefahr besteht darin, daß der Thrombus vom Entstehungsort »weggeschwemmt« wird und in einem anderen Organ des Körpers ein Gefäß verschließt. In diesem Fall sprechen wir von einer Embolie. Ein solcher Embolus kann Schäden im betroffenen Organ hervorrufen und z. B. im Gehirn zum Schlaganfall führen.

Deshalb versucht man, die Entstehung eines Thrombus bzw. einer Embolie bereits im Ansatz zu verhindern.

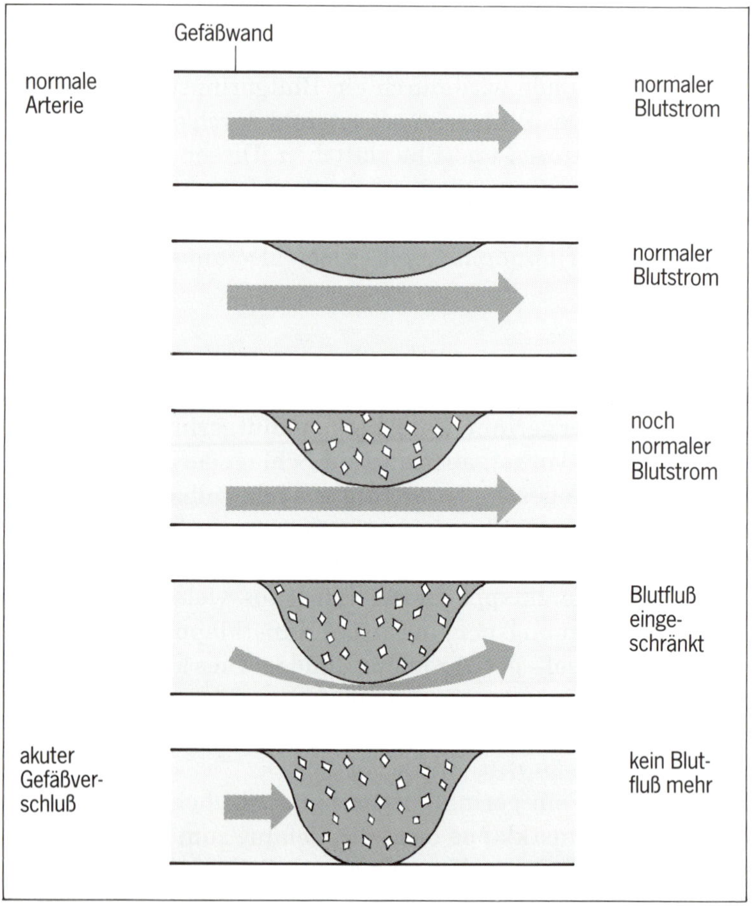

Hemmung der Gerinnung

Verhütung von Thrombose und Embolie

Die Entstehung eines Thrombus bzw. eines Embolus wird dadurch vermieden, daß man durch bestimmte Medikamente das Blut daran hindert, zu schnell zu gerinnen. Mit gerinnungshemmenden Medikamenten – z. B. Marcumar® oder Falithrom® – wird die natürliche Gerinnungsneigung des Menschen herabgesetzt, jedoch nicht völlig aufgehoben. Es dauert nur länger, bis das Blut gerinnt. Dieser Vorgang wird vom Patienten auch »Marcumarisierung« oder »Blutverdünnung« genannt.

Gerinnungshemmende Medikamente

Marcumar® und andere gerinnungshemmende Medikamente (z. B. Falithrom®, Coumadin® und Sintrom®) gehören chemisch gesehen zur Gruppe der Cumarine. Sie unterscheiden sich in ihrer Wirkungsweise aufgrund ihrer unterschiedlich schnellen Abbauzeit in der Leber. Cumarine sind in der Natur weit verbreitet und kommen in einer Reihe von Pflanzen vor. Sie finden auch Verwendung bei der Fermentierung von Tabaken oder bei der Likörherstellung.

Wirkungsmechanismus der Cumarine

Wie wirken nun die Cumarine im Körper? Bei der Produktion der Gerinnungsfaktoren in den Leberzellen wird Vitamin K benötigt. Dieses Vitamin ist in verschiedenen Obst- und Gemüsesorten, Milchprodukten, Fleisch und Geflügel enthalten. Außerdem wird Vitamin K im Darm durch Bakterien hergestellt. Marcumar® und andere Cumarine hemmen die Bildung von Vitamin-K-abhängigen Gerinnungsfaktoren in der Leber. Diese Medikamente wirken gewissermaßen als »Gegenspieler« des Vitamin K und verdrängen es aus seinem Wirkort an der Leberzelle. Infolgedessen wird die Produktion der Gerinnungsfaktoren gedrosselt, wodurch die Gerinnbarkeit unseres Blutes abnimmt, d. h. die Gerinnungszeit des Blutes wird verlängert. Wie stark die Gerinnbarkeit herabgesetzt wird, hängt letztlich von der Dosierung des Gerinnungshemmers ab.

Kontrolle der gerinnungshemmenden Therapie

Zur Kontrolle der gerinnungshemmenden Behandlung kann Blut aus der Vene (häufig: Vene der Ellenbeuge) oder Kapillarblut (z. B. Blut aus der Fingerbeere oder aus dem Ohrläppchen) verwendet werden. Dem Blut wird bei der Gerinnungsmessung ein Zusatz (Thromboplastin) beigemischt, der eine Aktivierung der Gerinnung hervorruft. Es entsteht ein Blutgerinnsel. Dessen »Entstehungszeit« wird mit Hilfe eines Gerätes in Sekunden gemessen und heißt Thromboplastinzeit (TPZ).

Der Quickwert

Das Ausmaß der Gerinnbarkeit des Blutes drückt man in deutschsprachigen Ländern in »Prozent der Norm« aus, nachdem man die Prothrombinzeit in Sekunden ermittelt hat. Man spricht vom sogenannten Quickwert. A. J. Quick hat in den Jahren 1934–1936 diesen Labortest zur Kontrolle der Blutgerinnungsfähigkeit entwickelt.

Bei einem Menschen, der kein Marcumar® einnimmt, liegt der Quickwert zwischen 70–130%. Er hat einen »normalen« Quickwert. Ein Quickwert von z. B. 30% zeigt eine entsprechende Verlängerung der Blutgerinnungszeit an.

»Therapeutische Bereiche« unterschiedlicher Gerinnungstests

Dauer der Gerinnungshemmung

In Deutschland wird die Gerinnungshemmung (Antikoagulation) meist mit dem Handelspräparat Marcumar® und in den neuen Bundesländern mit Falithrom® durchgeführt. Es sind langwirkende Cumarine, die eine gleichmäßige Einstellung der Gerinnungswerte leichter gestatten als kurzwirkende Gerinnungshemmer, wie z. B. Sintrom® und Coumadin®. Kurz- und langwirkende Gerinnungshemmer unterscheiden sich durch ihre Abbauzeit in der Leber. Bei kurzwirkenden Gerinnungshemmern normalisiert sich, wenn der Gerinnungshemmer nicht mehr eingenommen wird, die verlängerte Blutungszeit spontan innerhalb von wenigen Tagen. Bei einem langwirkenden Gerinnungshemmer benötigt die Normalisierung der Blutgerinnung unter Umständen bis zu 14 Tage.

Kurzwirkende Gerinnungshemmer haben bei Blutungskomplikationen keinen wesentlichen Vorteil, da sich die Gerinnung auch hier noch viel zu langsam normalisiert. Sie haben den Nachteil, daß sie schlechter zu steuern sind und dadurch zu stärkeren Schwankungen der Gerinnungswerte führen. Das wesentliche Ziel einer gerinnungshemmenden Behandlung ist aber eine stabile, gleichmäßige Einstellung der Gerinnungswerte. Dieses Ziel läßt sich am besten mit langwirkenden Gerinnungshemmern erreichen.

In Gesprächen mit Patienten haben wir immer wieder erfahren, daß die Gerinnungshemmung anfangs vielen Patienten große Sorgen macht. Wir haben aber auch die Erfahrung gemacht, daß eigentlich jeder lernt, die »Marcumarisierung« zu verstehen, die Quick-Werte richtig einzuschätzen und damit umzugehen.

»Therapeutischer Bereich«

Das erstrebte Ziel der Anwendung von Gerinnungshemmern (Antikoagulantien) ist es, Blutgerinnsel z. B. an künstlichen Herzklappen zu vermeiden. Mit Hilfe von Gerinnungshemmern wird die Gerinnungszeit des Blutes so weit verlängert, daß ein optimaler Schutz vor Gerinnselbildung mit minimaler Blutungsgefahr gewährleistet ist. Diesen erwünschten Bereich der verlängerten Gerinnungszeit nennt man »therapeutischen Bereich«.

Definiert wird dieser Bereich mit Hilfe unterschiedlicher Gerinnungseinheiten z. B. mit dem Quickwert oder der INR (die INR wird auf Seite 24 noch erklärt), mit denen man das Ausmaß der Gerinnungshemmung (Gerinnbarkeit) im Blut kontrolliert.

Je nach benutzter Testsubstanz (Thromboplastin) und Methode zur Ermittlung des Quickwerts gibt es unterschiedliche »therapeutische Bereiche«, die von dem jeweiligen Reagenzien-Hersteller angegeben werden. In der nachfolgenden Tabelle führen wir die in Deutschland gängigsten Testsubstanzen (Thromboplastine) mit ihren unterschiedlichen therapeutischen Bereichen – bezogen auf den Quickwert – auf. Das heißt, daß ein Quickwert von 15%, ermittelt mit einem Thromboplastin A (z.B. Hepato Quick), das gleiche bedeuten kann wie ein Quickwert von 28%, gemessen mit einem anderen Thromboplastin B (z.B. Neoplastin® Plus).

Hersteller/ Thromboplastine	Therapeutischer Bereich in % Quick	je nach Charge INR	je nach Charge ISI
Boehringer Mannheim			
Hepato Quick	10–20%	~4,0–2,5	0,8–0,9
Neoplastin® Plus	20–35%		1,1–1,2
Behring			
Thromborel® S	15–27%	~4,5–2,6	1,0–1,2
Baxter			
Thromboplastin® IS	17–35%		1,2–1,4
Innovin®	12–33%	~4,5–2,0	0,8–0,9
Instrumentation Lab			
PT FIB HS	22–46%	~4,5–2,0	1,2–1,4
Organon Teknika			
Simplastin® D	18–31%	~4,5–2,4	1,8–2,0
Simplastin Excel S	17–35%	~4,5–2,3	1,0–1,1
Immuno-Nykomed			
Thrombotest	5–10%	~4,8–2,8	1,0–1,0

Bei der Durchführung der Quickwert-Selbstbestimmung stehen zur Zeit zwei handliche und einfach zu bedienende Gerinnungsmeßgeräte zur Verfügung. Es handelt sich zum einen um den CoaguChek® und zum anderen um den CoaguChek® Plus (= Biotrack 512), beide von der Firma Boehringer Mannheim GmbH.

Der Tabelle sind die »therapeutischen Bereiche« auf die, die beiden Gerinnungsmeßgeräte geeicht sind, zu entnehmen.

Hersteller/ Gerinnungs- meßgeräte	Therapeutischer Bereich in % Quick	je nach Charge INR	je nach Charge ISI
Boehringer Mannheim			
CoaguChek®	10–20%	~4,4–2,6	1,8
CoagoChek® Plus (= Biotrack 512)	18–31%	~4,5–2,5	2,0

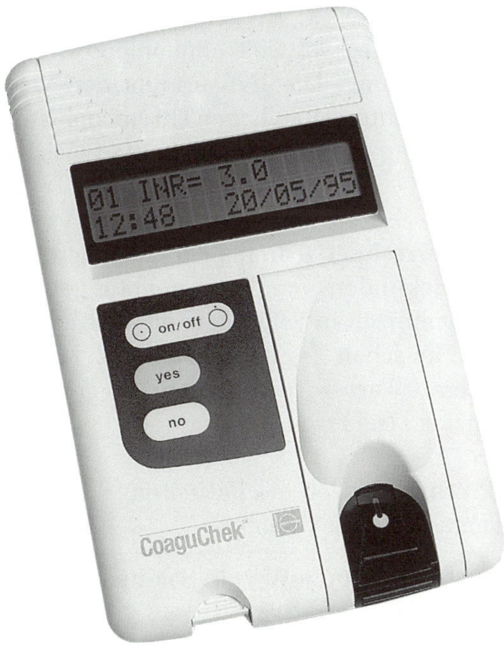

ISI

Quickwerte, die mit unterschiedlichen Thromboplastinen gemessen werden, sind nicht direkt miteinander vergleichbar. Das liegt daran, daß die verwendeten Thromboplastine ganz unterschiedlich hergestellt werden. Jedes dieser Thromboplastine stammt nicht nur von verschiedenen Lebewesen (Kaninchen, Rind, Affe oder Mensch), sondern auch von unterschiedlichsten Organen (Lunge, Hirn oder Mutterkuchen) ab. Um eine weitgehende Vergleichbarkeit der Thromboplastinzeit-Bestimmung (Quickwerte) zu erreichen, wurde von internationalen Gremien eine Standardisierung der Testsubstanzen vorgeschlagen. 1983 wurde von der Weltgesundheitsorganisation (WHO) ein Thromboplastin (= Referenz-Thromboplastin) als Standard zugelassen. An diesem WHO-Referenz-Präparat muß jeder Thromboplastin-Hersteller sein Reagenz eichen. Beim Eichvorgang wird die Abweichung der jeweiligen Handelscharge des Thromboplastins gegenüber dem WHO-Referenz-Präparat, das eine ISI von 1 hat, ermittelt: die gefundene Abweichung heißt ISI (International Sensitivity Index).

INR

Wie kommt man von der ISI zur INR? Die INR (International Normalized Ratio) ist die neue, weltweit empfohlene Einheit für die Thromboplastinzeit-Bestimmung. Die INR erlaubt den Vergleich der Gerinnungsmeßwerte trotz unterschiedlicher Thromboplastine. Anstelle der Prozentwerte gibt man jetzt einen Quotienten (Verhältniszahl, engl. Ratio) an.

Dieser Quotient errechnet sich aus der aktuellen Gerinnungszeit (Prothrombinzeit in Sekunden) vom Patientenblut geteilt durch die Gerinnungszeit (Prothrombinzeit in Sekunden) des Normalplasmas von nicht-antikoagulierten Menschen (= 100%-Zeitwert). Man erhält die Prothrombin-Ratio. Dieser Wert wird mit dem ISI des verwendeten Thromboplastins potenziert. Die Formel lautet:

$$\left(\frac{\text{Aktuelle Prothrombinzeit des Patienten gemessen in Sekunden}}{\text{Prothrombinzeit für den 100\%-Wert in Sekunden}} \right)^{\text{ISI}} = \text{INR}$$

An einem Beispiel mit dem Thromboplastin Hepato Quick erläutert:

Die Prothrombinzeit eines »marcumarisierten« Patienten ist 64 Sekunden (= 18% Quick). Die Prothrombinzeit eines Normalplasmas beträgt 22 Sekunden (= 100% Quick). Der ISI des verwendeten Thromboplastins liegt z. B. bei 0,93. Setzt man die Werte in die o. g. Formel ein, erhält man folgende INR:

$$\left(\frac{64}{22}\right)^{0,93} = 2,70 \text{ (= INR)}$$

Patienten, die ihre Gerinnungskontrollen mit dem Coagulometer KC 1A der Firma Amelung durchführen, lesen den ISI, den selbst ermittelten Gerinnungszeitwert in Sekunden und den 100%-Quickwert in Sekunden in der Spalte Kapillar-Citratblut in ihrer chargenspezifischen Tabelle ab. Diese liegt den jeweiligen Hepato Quick-Reagenzfläschchen bei (s. Tabellen S. 26 und S. 27). Patienten, die ihre Gerinnungskontrollen mit dem CoaguChek® oder CoaguChek® Plus durchführen, haben den Vorteil, daß sie die INR nicht berechnen müssen, sondern sich direkt auf dem Anzeigefeld anzeigen lassen können.

Vergleichbarkeit der INR

Die beste Vergleichbarkeit von Gerinnungsmeßwerten ergibt sich dann, wenn Labors trotz unterschiedlicher Thromboplastine solche benutzen, die einen ISI um 1,0 haben. Hier beobachtet man die geringsten Abweichungen. Erfahrungsgemäß lassen sich bei Gerinnungswerten von einer INR zwischen 2,0–3,0 die geringsten Abweichungen messen. Bei INR-Werten über 3,0 sind die Abweichungen größer. Erfahrene Selbstbestimmer schwanken bei Doppelbestimmungen in einem Bereich von +/- 0,1–0,2 INR.

Die INR und ihr therapeutischer Bereich

Eine INR von 1 – unabhängig vom verwendeten Thromboplastin – entspricht immer einer normalen Blutgerinnung und in Prozent ausgedrückt immer dem 100%-Quickwert. Bei einer INR von 2 ist die Gerinnungszeit des Standardthromboplastins der Weltgesundheitsorganisation verdoppelt. Bei einer INR von 3 ist die Gerinnungszeit des Standardthromboplastins verdreifacht. Bei Werten unter 2 ist das Risi-

Hepato Quick / Wertetabelle

Cat. No. 410284 **Lot No.** 645008

ISI 0,93

International Sensitivity Index for Plasma Methods

Jede Charge Hepato Quick wird entsprechend den Empfehlungen des ICSH/ICTH kalibriert.

Methoden für Plasma

A. Ohne Plasma-Verdünnung			B. Mit Plasma-Verdünnung	
Gerinnungszeit			Gerinnungszeit	
INR International Normalized Ratio	**sec**	Hepato Quick %	**sec**	**INR** International Normalized Ratio
0,88	20,0	150	21,5	0,85
0,90	20,5	140	22,0	0,87
0,94	21,5	130	23,0	0,91
0,96	22,0	120	23,5	0,93
0,98	22,5	110	24,5	0,96
1,00	23,0	100	25,5	1,00
1,02	23,5	95	26,0	1,02
1,04	24,0	90	26,5	1,04
1,08	25,0	85	27,0	1,05
1,10	25,5	80	28,0	1,09
1,12	26,0	75	29,0	1,13
1,16	27,0	70	30,0	1,16
1,20	28,0	65	31,0	1,20
1,24	29,0	60	32,5	1,25
1,32	31,0	55	34,0	1,31
1,38	32,5	50	36,0	1,38
1,42	33,5	47	37,5	1,43
1,46	34,5	45	38,5	1,47
1,50	35,5	42	40,5	1,54
1,54	36,5	40	41,5	1,57
1,58	37,5	38	43,0	1,63
1,63	39,0	36	44,5	1,68
1,67	40,0	35	45,5	1,71
1,69	40,5	34	46,5	1,75
1,71	41,0	33	47,5	1,78
1,75	42,0	32	48,5	1,82
1,77	42,5	31	49,5	1,85
1,81	43,5	30	50,5	1,89

A. Ohne Plasma-Verdünnung			B. Mit Plasma-Verdünnung	
Gerinnungszeit			Gerinnungszeit	
INR International Normalized Ratio	**sec**	Hepato Quick %	**sec**	**INR** International Normalized Ratio
1,87	45,0	29	52,0	1,94
1,91	46,0	28	53,5	1,99
1,94	47,0	27	54,5	2,03
1,98	48,0	26	56,5	2,10
2,04	49,5	25	58,0	2,15
2,10	51,0	24	60,0	2,22
2,14	52,0	23	62,0	2,28
2,21	54,0	22	64,0	2,35
2,27	55,5	21	66,5	2,44
2,33	57,0	20	69,0	2,52
2,40	59,0	19	71,5	2,61
2,50	61,5	18	75,0	2,73
2,59	64,0	17	78,5	2,85
2,72	67,5	16	82,5	2,98
2,85	71,0	15	87,0	3,13
3,00	75,0	14	92,0	3,30
3,19	80,0	13	98,0	3,50
3,37	85,0	12	105,0	3,73
3,63	92,0	11	113,0	3,99
3,89	99,0	10	123,0	4,32
4,25	109,0	9	135,0	4,71
4,68	121,0	8	150,0	5,20
5,22	136,0	7	170,0	5,84
5,93	156,0	6	196,0	6,66
6,95	185,0	5	232,0	7,80
8,44	228,0	4	287,0	9,50
10,86	299,0	3	377,0	12,24
15,59	441,0	2	559,0	17,66

Hepato Quick Wertetabelle: Methoden für Kapillarblut

A. Kapillar-Citratblut Gerinnungszeit sec	Hepato Quick %	B. Kapillarvollblut Gerinnungszeit
18,5	150	
19,0	140	
19,5	130	
20,5	120	
21,0	110	
22,0	100	
22,5	95	
23,0	90	
24,0	85	
24,5	80	
25,5	75	
26,5	70	
27,5	65	
28,5	60	
30,0	55	
32,0	50	
33,0	47	
34,0	45	
36,0	42	
37,0	40	
38,0	38	
39,5	36	
40,0	35	
41,0	34	
41,5	33	
42,5	32	
43,5	31	
44,5	30	

A. Kapillar-Citratblut Gerinnungszeit sec	Hepato Quick %	B. Kapillarvollblut Gerinnungszeit
45,0	29	
46,0	28	
47,0	27	
48,0	26	
50,0	25	
52,0	24	
53,0	23	
55,5	22	
57,0	21	
59,0	20	
62,0	19	
64,0	18	
67,0	17	
70,0	16	
73,0	15	
77,0	14	
82,0	13	
88,0	12	
95,0	11	
103,0	10	
112,0	9	
125,0	8	
142,0	7	
164,0	6	
196,0	5	
240,0	4	
320,0	3	
470,0	2	

ko der Blutgerinnselbildung besonders bei Kunstklappen gegeben, bei Werten über 5 ist eine deutliche Zunahme des Blutungsrisikos zu erwarten. Der für Sie gültige »therapeutische Bereich« muß von Ihrem behandelnden Arzt festgelegt werden. Im Unterschied zum »therapeutischen Bereich«, welcher eine Angabe des Thromboplastin-Herstellers ist, handelt es sich bei Ihnen um den »therapeutischen Zielbereich«.

Wie verhält sich die INR zum Quickwert?

Die INR verhält sich umgekehrt wie der Quickwert (siehe Abbildung): mit abnehmendem Quickwert wird die INR größer, d.h. die Gerinnungszeit verlängert sich, **die Blutungsgefahr** nimmt zu. Mit zunehmendem Quickwert wird die INR kleiner, d.h. die Gerinnungszeit verkürzt sich, **die Thrombosegefahr** nimmt zu.

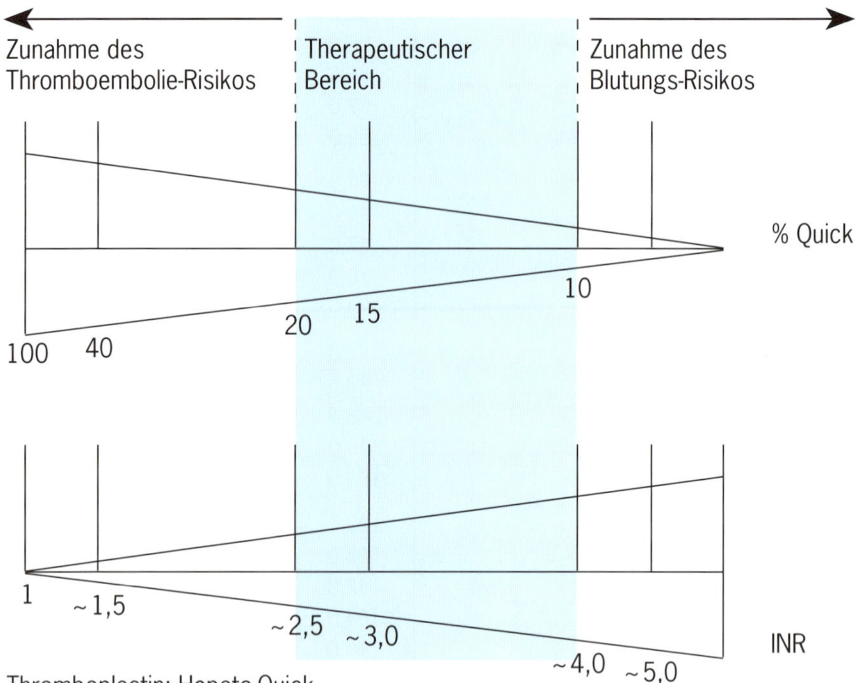

Thromboplastin: Hepato-Quick

In der folgenden Tabelle sind die Quickwerte der entsprechenden INR zugeordnet, um zu veranschaulichen, daß ein gleicher INR-Wert bei Verwendung unterschiedlicher Thromboplastine wie hier bei den Gerinnungsmeßgeräten CoaguChek® und CoaguChek® Plus durchaus verschiedene %-Werte haben kann. Die hier angegebenen Werte können geringfügig, je nach Charge, schwanken.

	← Zunahme des Thromboembolie-Risikos			Therapeutischer Bereich					Zunahme des Blutungs-Risikos →
INR	~1,0	~1,5	~2,0	~2,5	~3,0	~3,5	~4,0	~4,5	~5,0
Quickwert CoaguChek®	100%	45%	28%	20%	16%	13%	13%	11%	9%
Quickwert CoaguChek® Plus	100%	59%	39%	31%	25%	22%	20%	18%	16%

Leicht zu lernen – Die selbständige Durchführung der Gerinnungskontrolle

Vieles kann und vieles muß der Mensch in seinem Leben lernen. Einiges davon erscheint dabei zunächst schwierig, vielleicht sogar unmöglich. Erst wenn die erste Hürde genommen ist, weiß man, wie unbegründet die anfänglichen Einwände, Ängste und Sorgen waren. Und man weiß auch, daß man vieles schaffen und erreichen kann, wenn man es will. Diese anfänglichen Befürchtungen und Schwierigkeiten wird auch jeder Patient überwinden, der sich vorgenommen hat, die Gerinnungskontrolle in Zukunft selbständig durchzuführen.

Um das Ausmaß der gerinnungshemmenden Therapie selbst zu kontrollieren, brauchen Sie ein Gerinnungsmeßgerät. Wir stellen zunächst die Gerinnungskontrolle mit dem CoaguChek und dann mit dem CoaguChek® Plus vor. Es handelt sich für beide Geräte lediglich um eine Kurzanleitung. Mit dieser Beschreibung kann natürlich niemand die Gerinnungskontrolle im »Trockenkurs« erlernen. Sie müssen sich in einer in der Quickwert-Selbstbestimmung erfahrenen Klinik, Reha-Klinik oder Praxis schulen lassen.

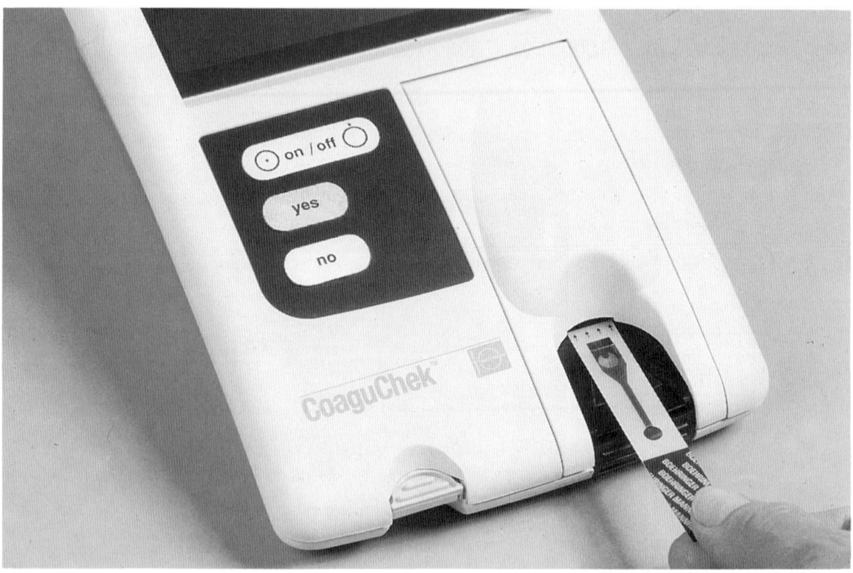

Die Gerinnungskontrolle mit dem CoaguChek®

Für die Selbstkontrolle der Gerinnung benötigen Sie zunächst:

- das CoaguChek® Gerät mit Netzteil und Batterien
- die CoaguChek® Testträger
- die CoaguChek® Controls
- den Softclix mit Lanzetten
- die Sanduhr

Der CoaguChek® arbeitet mit Strom oder Batterien. Die sechs 1,5 V Alkali-Mangan-Batterien reichen für etwa 60 Messungen. Bei Schwächerwerden der Batterien erscheint im Anzeigefeld (Display) »Batterien schwach«. Bei aufgebrauchten Batterien erscheint »Batterien wechseln«. Vor der nächsten Messung müssen innerhalb von 10 Minuten die Batterien gewechselt werden, sonst werden die gespeicherten Messungen gelöscht. Das Gerät schaltet außerdem automatisch nach 4 Minuten ab, um Strom zu sparen.

Das CoaguChek®-Gerät zeigt auf dem Anzeigefeld alle notwendigen Bedienungsschritte mittels einfacher Benutzerführung an. Es überwacht den ordnungsgemäßen Betriebszustand des Gerätes mit Prüfung und Regelung der Meßtemperatur. Das Gerät erkennt und überprüft automatisch die notwendigen chargenspezifischen Kalibrationsinformationen mit einem für jede Testträgercharge mitgelieferten Code Chip. Die Ergebnisse können wahlweise in verschiedenen, international gebräuchlichen Ergebniseinheiten, wie z. B. % Quick oder INR angegeben werden. 30 Meßergebnisse werden automatisch mit Uhrzeit und Datum gespeichert. Mit dem CoaguChek® kann eine Gerinnungskontrolle mit Blut aus der Fingerbeere innerhalb von 2–4 Minuten durchgeführt werden.

Die Testträger beinhalten die Testsubstanz (Thromboplastin), die zur Bestimmung der Gerinnungszeit benötigt wird. Auf diesen Testträger wird der Bluttropfen – gewonnen aus der Fingerbeere – aufgesetzt. Jede Testträgerpackung hat einen speziellen »Code Chip«, der nur für diesen Testträger gültig ist. Bei Benutzung neuer Testträger muß vorher das Gerät neu »codiert« werden.

Codierung des CoaguCheks®

1. Den Batteriefachdeckel nach hinten wegschieben.
2. Sechs 1,5 V-Batterien einlegen, wobei Symbole +/– auf dem Batteriefachboden zu beachten sind.
3. Den Batteriefachdeckel wieder einsetzen und bis zum Anschlag nach vorne schieben.
4. Beim Wechsel der Batterien müssen die neuen Batterien innerhalb von 10 Minuten eingesetzt werden, um den Speicherinhalt und die Einstellung für Uhrzeit und Datum zu sichern.
5. Der CoaguChek® kann auch mit einem Netzgerät betrieben werden. Um die Speicherinhalte zu sichern, müssen trotzdem Batterien eingesetzt werden.
6. Aus der Testträgerpackung den Code Chip entnehmen. Der Code Chip darf nur bei ausgeschaltetem Gerät eingesetzt und herausgezogen werden. Der Code Chip ist nur mit dem Testträger seiner jeweiligen Verpackung zu verwenden.
7. Den Code Chip mit der Beschriftung nach oben in den vorgesehenen Schlitz des Gerätes einschieben. Den Code Chip am besten im Gerät bis zum Anbrechen einer neuen Testträger-Pakkung belassen.
8. Das Gerät ist jetzt funktionsbereit.

Durchführung der Gerinnungs-Selbstkontrolle

9. Den Testträger aus dem Kühlschrank nehmen. Mindestens 5 Minuten warten bis er Raumtemperatur angenommen hat.
10. Das Gerät einschalten durch Drücken der Taste »on/off«. Im Anzeigefeld leuchtet auf: »Guten Tag« (alternativ: »Guten Morgen«, »Guten Abend«) mit Uhrzeit und Datum. Es folgt: »Messung starten?«
11. YES-Taste drücken. »Streifen einführen«.

12. Die Testträger-Siegeltasche an Einrißmarkierung aufreißen, Testträger herausnehmen und nach Öffnen innerhalb von 4 Minuten das Blut auftragen.

13. Den Testträger mit Aufschrift nach oben bis zum Anschlag in die Testträgerführung des Gerätes hineinschieben.

14. Etwa 40 Sekunden warten, bis das Anzeigenfeld des Gerätes von »Bitte warten« auf »Probe auftragen« umschaltet.

15. Einen dicken Bluttropfen – gewonnen aus der Fingerbeere – ohne Verschiebung des Testträgers innerhalb von 15 Sekunden aufsetzen. Das Blut fließt in die Meßkammer, und die Gerinnungsaktion beginnt.

16. Nach Einsetzen der Gerinnung wird die Meßzeit angegeben. Diese in der festgelegten Einheit (% Quick oder INR) mit Datum im Ausweis dokumentieren.

Anmerkung: Liegt der Meßwert außerhalb des Meßbereichs, so erscheint auf dem Anzeigefeld folgende Warnung: »Meßbereich!« Dies bedeutet, daß Ihr Quickwert über 70% liegt.
Ein mit Sternchen markiertes Meßergebnis »Meßbereich!*« weist darauf hin, daß der Quickwert kleiner als 5% ist.

Nach der letzten Messung wird das Gerät durch Drücken der Taste »on/off« abgeschaltet.

Durchführung der Qualitätskontrolle

Nachdem Sie Ihren Gerinnungswert ermittelt haben, müssen Sie die Funktion Ihres CoaguChek®, des Testträgers, die Handhabung des Gerätes und Ihre Arbeitsweise überprüfen. Qualitätskontrollen sind bei Anbruch einer jeden neuen Testträgerpackung durchzuführen, außerdem wenn Meßergebnisse außerhalb des therapeutischen Bereiches liegen, wenn Testträger über Tage nicht gekühlt oder bei extremen Temperaturen gelagert wurden.

Prinzipiell handelt es sich bei der Qualitätskontrolle um einen sehr ähnlichen Arbeitsablauf wie bei der Gerinnungskontrolle mit dem eigenen Blut.

Folgende Schritte müssen Sie durchführen:

1. Der CoaguChek® ist noch ausgeschaltet.
2. Den Testträger und die Control-Ampulle aus dem Kühlschrank nehmen. Mindestens 5 Minuten warten, bis die Materialien Raumtemperatur angenommen haben.
3. Die Verschlußfolie der Control-Ampulle entfernen.
4. Die Control-Ampulle senkrecht halten und mit der Unterseite so lange auf den Tisch klopfen, bis die Glaskapsel zum Ampullenboden sinkt.
5. Mit Daumen und Zeigefinger die Control-Ampulle am Boden zusammendrücken, bis die innenliegende Kapsel zerbricht. Die Ampulle sollte dabei nicht gebogen werden.
6. Sobald die Glaskapsel zerbrochen ist, ist die 2-Minuten-Zeitmessung mit der Sanduhr oder Stoppuhr zu starten.
7. Während die Zeitmessung läuft, wird die senkrecht mit der Kappe nach oben gehaltene Control-Ampulle zum Mischen des Inhalts 10× kräftig auf eine feste Unterlage, z. B. Tischplatte, geklopft.
8. Die Control-Ampulle danach auf den Tisch legen.
9. Nach Ablauf der 2 Minuten durch Drücken der Taste »on/off« das Gerät einschalten.
10. Die Testträgertasche aufreißen und den Testträger entnehmen.
11. Am CoaguChek® YES-Taste drücken. Den Testträger sofort einschieben, wenn die Anzeige »Messung starten?« aufleuchtet.
12. Den Testträger mit der Aufschrift nach oben bis zum Anschlag in die Testträgerführung des Gerätes hineinschieben.
13. Warten, bis auf der Anzeige »Probe auftragen« erscheint.
14. Die Control-Ampulle mit der Tropföffnung immer nach unten halten und den Inhalt der Ampulle mit einer kräftigen Bewegung nach unten schütteln.

15. Die Kappe der Control-Ampulle leicht drehen, nach unten abziehen und in der einen Hand halten.
16. Mit den Fingern der anderen Hand die Ampulle zusammendrücken, den ersten Tropfen der Control-Lösung in der Kappe auffangen und die Kappe später in den Müll werfen.
17. Die Ampulle zusammengedrückt halten, damit der Folgetropfen ausreichend groß ist.
18. Anschließend aus der Control-Ampulle den 2. Tropfen auf das gelb unterlegte Probenauftragefeld des Testträgers auftropfen lassen.
19. Nach ca. 2 Minuten das Ergebnis vom Anzeigefeld ablesen und im Ausweis in die Spalte »Qualitätskontrolle« eintragen.
20. Das Ergebnis mit dem Sollwert (Kontrollbereich) vergleichen.
21. Der Sollwert und der Kontrollbereich sind dem Beipackzettel der Control-Ampullen zu entnehmen.

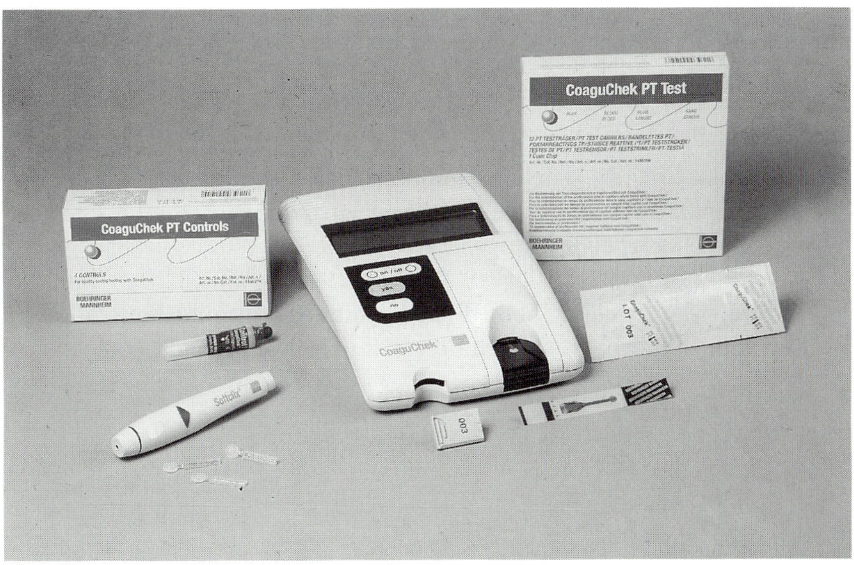

Die Gerinnungskontrolle mit dem CoaguChek® Plus (= Biotrack 512)

Für die Selbstkontrolle der Gerinnung benötigen Sie zunächst:

- das CoaguChek® Plus Gerät mit Netzadapter
- die CoaguChek® Plus TEST-Kassette
- die CoaguChek® Plus Funktionskassette
- die CoaguChek® Plus Set-Up-Karte zur Spracheneingabe
- den Softclix mit Lanzetten

Der CoaguChek® Plus ist mit einem Netzadapter, der gleichzeitig auch das Ladegerät für den Akku ist, ausgestattet. Damit ist ein netzunabhängiger Betrieb möglich. Vor der ersten Inbetriebnahme des Meßgerätes müssen die Nickel-Cadium-Batterien 20 Stunden aufgeladen werden. Der CoaguChek® Plus zeigt auf dem Anzeigefeld alle notwendigen Bedienungsschritte mittels einfacher Benutzerführung an. Das Gerät überwacht den Betriebszustand des Systems, die Meßtemperatur und den Zeitablauf. Vor jeder Messung führt der CoaguChek® Plus automatisch eine Kalibrierung durch, welche als codierte Information auf der Test-Kassette gespeichert ist. Die Meßergebnisse können wahlweise in verschiedenen, international gebräuchlichen Ergebniseinheiten, wie z.B. in % Quick oder INR, angegeben werden. Das zuletzt bestimmte Meßergebnis bleibt bis zum Einsetzen einer neuen Test-Kassette gespeichert und ist jederzeit abrufbar.

Die Test-Kassette ist gebrauchsfertig mit der Testsubstanz (Thromboplastin), die zur Bestimmung der Gerinnungszeit benötigt wird, ausgestattet. Auf diesen Testträger wird der Bluttropfen – gewonnen aus der Fingerbeere – aufgesetzt.

Mit dem CoaguChek® Plus ist eine Gerinnungskontrolle mit Blut aus der Fingerbeere innerhalb von 2–4 Minuten möglich.

Durchführung der Gerinnungskontrolle

Bevor Sie Ihre Gerinnungskontrolle durchführen, nehmen Sie eine in der Folie eingeschweißte Test-Kassette mindestens 45 Minuten vorher aus dem Kühlschrank.

Überprüfen Sie vor der eigentlichen Messung die Funktionsfähigkeit des Gerinnungsmeßgerätes anhand der beigefügten Funktions-Kassette. Hiermit führen Sie eine Testsimulation durch. Es wird lediglich das optische Lasersystem und die Elektronik des CoaguChek® Plus geprüft, nicht die Test-Kassetten für die eigentliche Gerinnungskontrolle. Der CoaguChek® Plus ist immer meßbereit, er muß also nicht ein- und ausgeschaltet werden.

1. Führen Sie die Funktions-Kassette in den CoaguChek® Plus ein.
2. 45 Sekunden lang erfolgt die Temperierung der Funktions-Kassette. Auf dem Anzeigefeld des Geräts erscheint: »Bitte warten«.
3. Nach der Aufforderung »Tropfen Blut auftragen« die Funktionstaste der Kassette drücken.
4. Das Ergebnis erscheint auf dem Anzeigefeld.
5. Vergleichen Sie den auf dem Monitor angezeigten Wert mit dem Kontrollbereich auf Ihrer Funktions-Kassette. Liegt der Wert im Kontrollbereich, ist der CoaguChek® Plus meßbereit.
6. Ist die Funktionskontrolle durchgeführt, Kassette entfernen und in der Antistatic-Box aufbewahren.
7. Die Test-Kassette aus der Folienverpackung nehmen.
8. Die Test-Kassette in den CoaguChek® Plus einsetzen. Nach dem Einsetzen der Test-Kassette wird diese auf 37 °C erwärmt. Dieser Vorgang dauert etwa 1 Minute. Während des Temperiervorganges erscheint auf der Anzeige: »Bitte warten«. Danach erscheint auf dem Anzeigefeld die Aufforderung: »Tropfen Blut auftragen«.
9. Einen dicken Tropfen Blut – gewonnen aus der Fingerbeere – auf die kreisrunde Vertiefung auftragen. Das Blut fließt in die Reagenzkammer und die Gerinnungsaktion beginnt.

10. Nach Einsetzen der Gerinnung wird die Meßzeit angegeben. Diese in der festgelegten Einheit (% Quick/INR) mit Datum im Ausweis dokumentieren.
11. Nach Beendigung der Messung die Test-Kassette entfernen und in der Folienpackung über den Hausmüll entsorgen.
12. Das Gerät schaltet sich nach Entfernen der Test-Kassette automatisch ab.

Wichtige Anmerkung:

Auf dem Anzeigefeld des CoaguChek® Plus erscheint nach der Gerinnungsmessung z.B. PT = 20,4 sec, % = 26. Die Prozentangabe entspricht hier dem Quickwert.

Das Meßergebnis wird 90 Sekunden lang angezeigt. Die Anzeige erlischt nach dieser Zeit. Um sich das letzte Ergebnis noch einmal für wenige Sekunden anzeigen zu lassen, entfernen Sie die Test-Kassette und drücken die <INR/RCL>-Taste. Die Taste befindet sich an der Kopfseite des Gerätes. Das Ergebnis ist bis zum Einlegen einer neuen Test-Kassette gespeichert und abrufbar.

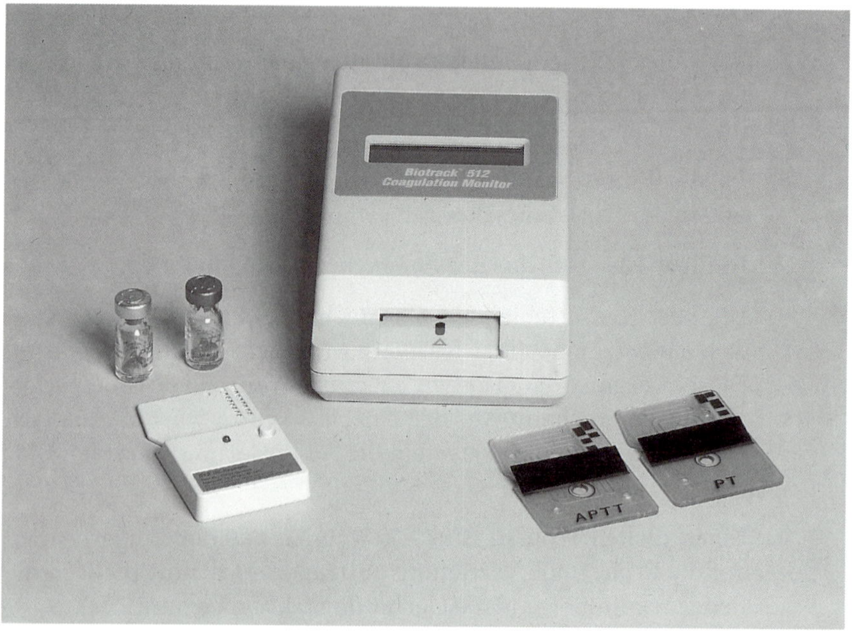

Mögliche Fehlerquellen

Ist der Gerinnungswert *nicht* im therapeutischen Bereich, so ist in jedem Fall eine Qualitätskontrolle (CoaguChek®) bzw. eine Funktionskontrolle (CoaguChek® Plus) durchzuführen. Ist der Meßwert der Qualitätskontrolle *innerhalb* des Kontrollbereichs, muß unbedingt eine Wiederholungsmessung mit Blut durchgeführt werden. Bestätigt diese Wiederholungsmessung den ersten Meßwert, so muß eine Dosiskorrektur des Gerinnungshemmers erfolgen. Ist der Meßwert der Qualitäts- bzw. der Funktionskontrolle *außerhalb* des Kontrollbereichs, so kann dies unterschiedliche Ursachen haben. Folgende mögliche Fehler können sowohl die Genauigkeit der Blutgerinnungswerte beeinträchtigen, als auch die Meßergebnisse der Qualitätskontrolle verfälschen.

Könnte es sein, daß

- das Gerät verunreinigt bzw. nicht gut gereinigt war?
- das Gerät nicht gerade stand?
- die Vorwärmzeit für Testträger, Test-Kassette und Control-Ampulle nicht eingehalten war?
- die Lagerungsbedingungen für Teststreifen, Test-Kassette, Funktions-Kassette und Control-Ampulle nicht beachtet wurden?
- das Verfalldatum der Teststreifen, Test-Kassetten und Control-Ampulle nicht beachtet wurde?
- der Untersuchungsablauf nicht exakt eingehalten wurde?
- der Code Chip nicht bei ausgeschaltetem Gerät eingesetzt oder entfernt wurde?
- die Probe (Blut oder Control-Lösung) nicht innerhalb von 4 Minuten nach Entnahme des Teststreifens oder der Test-Kassette aus der Tasche auf das Feld aufgetragen wurde?
- kein ausreichend großes Probenmaterial (Blut oder Control-Lösung) auf das Feld aufgetragen wurde?

- die Stichwunde seitlich der Fingerkuppe nicht tief genug war, daß deshalb das Gewebe gepreßt wurde und der Tropfen statt Blut vermehrt Gewebsflüssigkeit enthielt? (Ergebnis: falsch hohe Quickwerte und falsch niedrige INR-Werte.)
- der Bluttropfen nicht innerhalb von 15 Sekunden auf den Teststreifen oder die Test-Kassette aufgetragen wurde?
- die Control-Lösung mit Luftbläschen auf den Teststreifen aufgetragen wurde?
- während der Messung der Teststreifen oder die Test-Kassette verschoben oder entfernt wurde?
- die festgelegte Meßeinheit (% Quick/INR) mißachtet wurde?

oder:
Stehen Sie unter gleichzeitiger subcutaner oder intravenöser Heparintherapie und sollten vergessen haben, die Gerinnungskontrolle *vor* der Heparingabe durchzuführen (und nicht danach!).

Wenn Sie all diese Punkte überprüft haben und alle Arbeitsschritte den Vorschriften entsprechend durchgeführt haben und der Meßwert der Qualitätskontrolle immer noch *außerhalb* des Kontrollbereichs liegt, setzen Sie sich bitte mit der Serviceabteilung der Boehringer Mannheim GmbH, Telefon 0621/759-4646, in Verbindung.

Richtige Kapillarblutentnahme

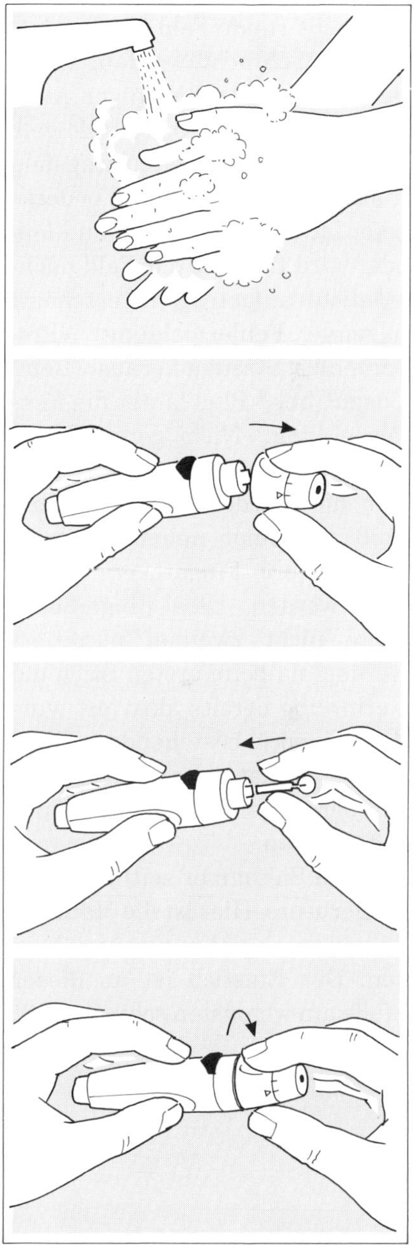

Hände mit Seife und warmem Wasser waschen. Das Händewaschen mit warmem oder »heißem« Wasser fördert die Durchblutung der Fingerkuppen und erleichtert in der »Lernphase« die Gewinnung eines großen, dicken Bluttropfens. Danach die Hände sorgfältig abtrocknen. Eine Desinfektion ist nicht erforderlich.

Ungebrauchte Lanzette in die Stechhilfe »Softclix« oder »Autoclix« einsetzen. Stechhilfe spannen.

Hand vor dem Stechen etwa ½ Minute seitlich am Körper herunterhängen lassen, damit sich das Kapillarsystem der Fingerbeere gut mit Blut füllt.

Fingerbeere seitlich mit der Stechhilfe punktieren und dabei die Fingerbeere mit dem Daumen leicht nach vorne drücken. Hand etwas nach unten halten. Am punktierten Finger entlang streichen, bis sich ein freihängender, dicker Bluttropfen bildet. Nicht drücken oder quetschen, da sonst Gewebsflüssigkeit mit dem Blut austritt und zur Verfälschung der Gerinnungswerte führen kann. Durch Beimischung vermehrter Gewebsflüssigkeit kommt es bei der Gerinnungsmessung zu falsch hohen Quickwerten oder zu falsch niedrigen INR-Werten.

Innerhalb von 15 Sekunden muß der freihängende Bluttropfen auf das gelbe runde Feld des Testträgers aufgebracht werden, wobei der Finger den Testträger nicht verschieben darf. Das runde gelb unterlegte Probenauftragsfeld muß vollständig mit Blut bedeckt sein. Ist der Bluttropfen zu klein oder wird Blut auf das Feld nachträglich aufgetragen, erscheint folgende Fehlermeldung: »Probenfehler, Streifen heraus«. Beim CoaguChek® Plus lautet die Fehlermeldung: »Nicht genug Blut«; »Neue Kassette«.
Für die Wiederholungsmessung muß mit einer neuen Lanzette eine andere Fingerbeere punktiert werden. Eine Fingerbeere sollte nicht zweimal punktiert werden, da beim ersten Stich die Gerinnung bereits aktiviert wurde. Bei noch bestehendem Bluterguß (Hämatom) sollte die Fingerbeere ebenfalls nicht punktiert werden.
Stechen Sie immer seitlich in die Fingerbeere. Hier ist die Haut am dünnsten, es gibt nur wenige Nerven. Der Einstich ist an dieser Stelle am wenigsten schmerzhaft.

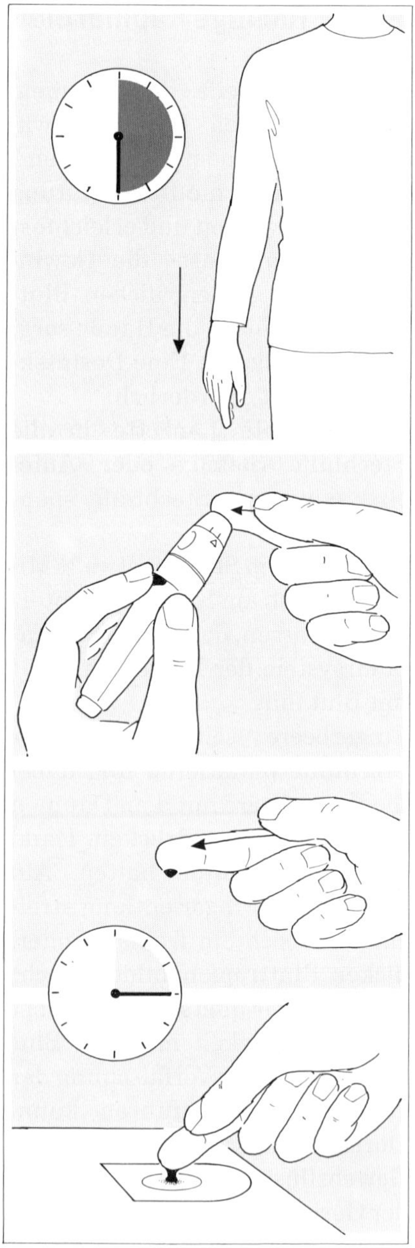

Entsorgung der Verbrauchsmaterialien

Testträger, Test-Kassetten, Ampullen für die Qualitätskontrolle und Lanzetten der Stechhilfe können über den Hausmüll entsorgt werden. Ziehen Sie den Testträger nach der Messung immer aus dem Gerinnungsmonitor und schieben Sie ihn in die Siegeltasche. Die benutzte Lanzette entfernen Sie aus der Stechhilfe und stecken Sie mit der Nadelspitze in die vorher abgedrehte Plastikkappe der Lanzette, um Verletzungen anderer zu vermeiden. Die Lanzette wird dann mit der gesicherten Spitze ebenfalls in die Siegeltasche geschoben. Die Entsorgung der Siegeltasche mit dem Testträger und der Lanzette sowie der Ampulle ist über den Hausmüll ohne weiteres möglich. Gleiches gilt für die Entsorgung der Test-Kassette und der Lanzette mit der gesicherten Spitze in der Folienpackung.

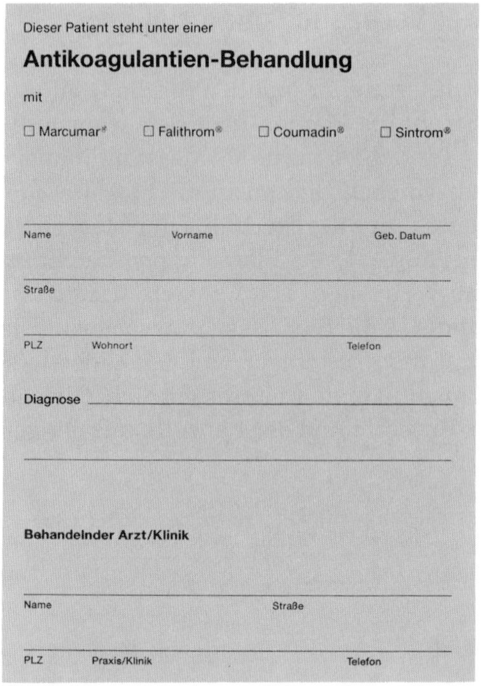

Dieser Patient steht unter einer

Antikoagulantien-Behandlung

mit

☐ Marcumar® ☐ Falithrom® ☐ Coumadin® ☐ Sintrom®

Name Vorname Geb. Datum

Straße

PLZ Wohnort Telefon

Diagnose

Behandelnder Arzt/Klinik

Name Straße

PLZ Praxis/Klinik Telefon

Dokumentation der Gerinnungswerte

Die von Ihnen ermittelten Gerinnungswerte tragen Sie am besten in einen speziell für Quickwert-Selbstbestimmer entwickelten Ausweis ein.

In diesen Ausweis tragen Sie nach jeder Gerinnungs-Kontrolle jeweils folgende Informationen ein:

- den Tag, an dem Sie die Gerinnungs-Kontrolle durchführen,
- den von Ihnen ermittelten Quick- und/oder INR-Wert (numerisch und/oder grafisch),
- die tägliche Dosierung des Gerinnungshemmers.

Eine Spalte steht für Bemerkungen zur Verfügung, die Ihnen wichtig sind. Dazu kann z. B. gehören:

- notwendige Zahnbehandlungen mit überlappender Heparin-Therapie und Endokarditisprophylaxe (Verhütung von Herzinnenhautentzündung);
- Krankenhausbehandlungen mit anderen Kontrollmethoden und Testsubstanzen und somit anderen therapeutischen Bereichen;
- der vom Hausarzt in größeren Abständen gemessene Gerinnungswert mit seinem therapeutischen Bereich;
- Komplikationen, wie z. B. Blutungen.

Auch sollte auf dem Ausweis unbedingt Ihr Name und Ihre Adresse, die Anschrift Ihres behandelnden Arztes oder der für Sie zuständigen Klinik, die vollständige Diagnose, weshalb Sie einen Gerinnungshemmer einnehmen und der Handelsname des von Ihnen eingenommenen Gerinnungshemmers (z.B. Marcumar®, Falithrom®, Coumadin® oder Sintrom®), zusätzlich benötigte Medikamente und die Blutgruppe vermerkt sein.

Ein praktischer Tip: tragen Sie mit unterschiedlichen Farben Ihren individuellen Zielbereich, Ihre selbstermittelten Gerinnungsmeßwerte und die fremdbestimmten Werte, z.B. von Ihrem behandelnden Arzt, in den Ausweis ein.

Der Ausweis dient Ihnen vor allem als Dokumentation für Ihren Arzt, aber auch für Sie selbst. Für den Arzt enthält er wichtige Informationen, z.B. in welchen Zeitabständen Sie Ihre Blutgerinnung kontrollieren, wieviele der selbst ermittelten Quick-/INR-Werte im therapeutischen Bereich liegen usw. Er enthält auch wichtige Informationen für Ärzte, die Sie im Falle eines Unfalls behandeln. Sie sollten den Ausweis deshalb ständig bei sich tragen.

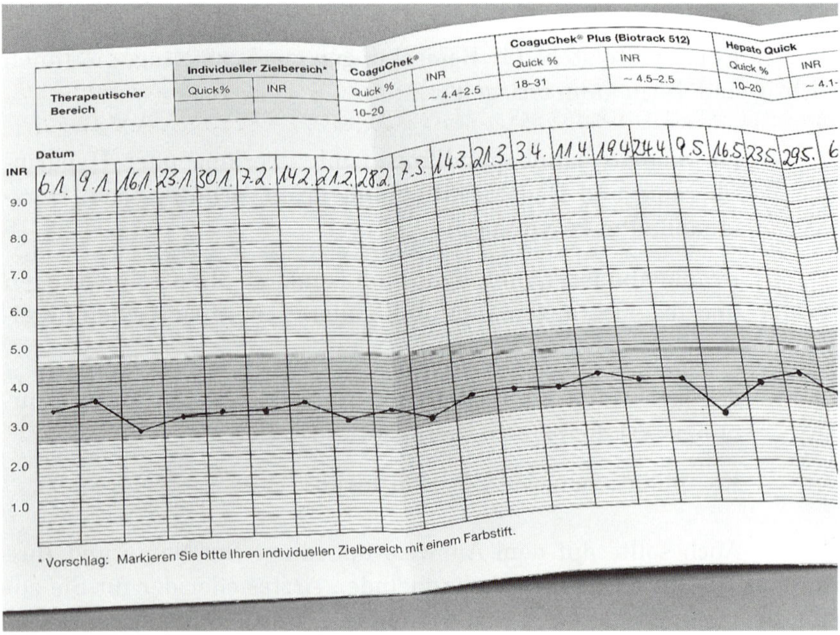

Dosierung des Gerinnungshemmers

An dem ermittelten Gerinnungswert orientiert sich die tägliche Einnahmemenge des Gerinnungshemmers. Während des stationären Aufenthaltes im Akut-Krankenhaus bzw. in der Rehabilitationsklinik, z. B. unmittelbar nach dem Herzklappenersatz – also in einer labilen Einstellungsphase –, wird durch engmaschige Quick-/INR-Wert-Kontrollen die Dosierung des Gerinnungshemmers für jeden Patienten individuell ermittelt. In einer späteren stabilen Phase kann die »Erhaltungsdosis« z. B. zwischen eineinhalb und einer halben Tablette pro Tag liegen. Von jetzt an wird als Behandlungseinheit nicht die Tagesdosis, sondern die Wochendosis berücksichtigt.

Ausgangspunkt für die Dosierung ist der jeweils neu ermittelte Quick- und INR-Wert. Da sich die Gerinnung des Blutes von Zeit zu Zeit durch verschiedene Faktoren verändern kann, sind regelmäßige Kontrollen unbedingt notwendig.

Je enger der Kontrollabstand, um so geringer sind nämlich die zahlenmäßigen Abweichungen, um so niedriger kann die Korrekturdosis des Gerinnungshemmers gewählt werden, um so stabiler sind die Gerinnungswerte. Dadurch sinkt für den Patienten das Blutungsrisiko. Die meisten Blutungen sind nämlich auf eine mangelhafte Einstellung des Gerinnungswertes, fehlerhafte Gerinnungskontrollen oder oft zu lange Intervalle zwischen den einzelnen Gerinnungsuntersuchungen zurückzuführen. Die Einnahme zusätzlicher, auch die Gerinnung beeinflussender Medikamente führt ebenso zu einer erhöhten Blutungs- oder Thromboemboliegefahr (siehe auch »Wechselwirkungen mit anderen Medikamenten«, Seite 51/52).

Patienten, die den Test selbst durchführen, bestimmen ihren Quickwert in einem optimalen Abstand von 7 Tagen, bei Bedarf sogar noch engmaschiger.

Grundsätzlich gilt für die Einnahme des Medikaments folgende Regel:

Gerinnungshemmer (Antikoagulantien) wie z. B. Marcumar® oder Falithrom®, müssen besonders sorgfältig dosiert und jeden Tag nach Plan eingenommen werden.

Dieser Plan kann, soweit Ihre Werte stabil im therapeutischen Zielbereich liegen, von Ihnen für die ganze Woche festgelegt werden. Sie sollten einen festen Zeitpunkt wählen (z. B. morgens oder abends), an dem Sie die Tablette jeden Tag einnehmen wollen. Hier gibt es keine festen Regeln. Die Einnahme des Gerinnungshemmers und die damit verbundene Gerinnungskontrolle kann Ihrem Alltag mühelos angepaßt werden. Sie sollten die Gerinnungskontrolle allerdings immer zur selben Tageszeit durchführen.

Dosiskorrekturen in kleinen Schritten

Sollte Ihr Gerinnungswert nun außerhalb des therapeutischen Zielbereichs liegen, müssen Sie die Einnahmemenge Ihres Gerinnungshemmers ändern. Dabei hängt die Veränderung der Dosierung natürlich von dem Ausmaß der Abweichung ab. Die gegebenenfalls erforderlichen Dosiskorrekturen sollten in kleinen Schritten erfolgen. Abrupte Dosisänderungen führen zu verstärkten Schwankungen des Gerinnungswertes, ziehen dadurch mehr Dosiskorrekturen nach sich und erhöhen damit die Unsicherheit in der Dosierung.

Hier gibt es auch keine festen Regeln, aus denen Sie genau ableiten können, bei welchem Grad an Abweichung Sie Ihre Einnahmenmenge um wieviel Viertel- oder Halbe-Tabletten pro Woche erhöhen oder reduzieren müssen. Bei der Dosisfindung sind Sie – genauso wie Ihr Arzt – auf Ihre bisherigen Erfahrungen angewiesen. Der Unterschied ist allerdings, daß Sie bei der Selbstbestimmung engmaschigere Kontrollintervalle haben und auf längere Sicht die Beeinflussung der Werte durch unterschiedliche Einflüsse besser einschätzen und »abfangen« können. Größere und anhaltende Abweichungen vom therapeutischen Zielbereich müssen Sie unbedingt schnellstens mit Ihrem Arzt besprechen.

Nebenwirkungen

Häufig, unangenehm, aber ungefährlich ist der anfangs verstärkte Haarausfall bei Frauen und Männern. Manchmal hilft eine Umstellung auf Sintrom® oder Coumadin®. Sintrom® ist seit dem 1. 1. 1993 wegen seines geringen Marktanteils in Deutschland von der Herstellerfirma vom Markt genommen worden. Es ist weiterhin über internationale Apotheken erhältlich. Andere Nebenwirkungen sind so extrem selten, daß wir hier auf ihre Beschreibung verzichten. Bleibende Leberschäden werden durch Gerinnungshemmer übrigens nicht hervorgerufen.

Schwangerschaft

In den ersten drei Monaten einer Schwangerschaft können Gerinnungshemmer zu Mißbildungen führen. Vor Planung oder bei eingetretener Schwangerschaft müssen Sie daher sofort Ihren Arzt (Frauenarzt/Kardiologen) informieren! In den ersten drei Monaten der Schwangerschaft und unmittelbar vor der Entbindung kann der Gerinnungshemmer wirksam durch Heparin ersetzt werden.

Stillen

Eine marcumarisierte Mutter kann ohne weiteres ihr Kind stillen, da der Gerinnungshemmer praktisch nicht bzw. nur in ganz geringen Mengen in die Muttermilch übergeht.

Wechselwirkungen mit anderen Medikamenten

Verschiedene Medikamente können im Sinne einer »Arzneimittel-Wechselwirkung« die Wirkung des Gerinnungshemmers abschwächen oder verstärken. Das gilt auch für Medikamente, die man rezeptfrei erhalten kann – z. B. für Schmerz-, Rheuma- und Grippemittel.

Wenn Sie andere Medikamente – auch aus der »Hausapotheke« – über einen längeren Zeitraum einnehmen, empfehlen wir, unbedingt mit Ihrem Arzt Rücksprache zu halten und in jedem Fall zusätzliche Gerinnungskontrollen durchzuführen. Nur so können Sie feststellen, ob sich Veränderungen in der Gerinnung ergeben und ob Sie die Dosierung des Gerinnungshemmers korrigieren müssen.

Kurzfristige Beschwerden, z. B. Kopfschmerzen nach einem Polterabend, können jedoch auch beim antikoagulierten Patienten behoben werden: geeignete Medikamente zur Schmerzlinderung oder zur Fiebersenkung sind Paracetamol (z. B. Benuron®), Diclofenac (z. B. Voltaren®) oder Ibuprofen (z. B. Imbun®). Für die eben genannten entzündungshemmenden und schmerzlindernden Medikamente ist bislang eine Wechselwirkung mit Gerinnungshemmern nicht nachgewiesen. Allerdings sollten Sie möglichst nicht langfristig angewandt werden, zumal sie bei längerem Gebrauch zu Magengeschwüren führen können, die unter einer gerinnungshemmenden Behandlung wegen der Gefahr einer Magenblutung besonders gefürchtet sind. Letzteres gilt nicht für Paracetamol (z. B. Benuron®).

Zu den oft verordneten Medikamenten, die die Blutgerinnung beeinflussen, gehören die in der nachstehenden Tabelle aufgeführten Medikamente. Wir nennen nur einige Beispiele.

Medikamente, die die Wirkung des Gerinnungshemmers verstärken können.
Folge: Blutungsgefahr bei sinkendem Quickwert und steigender INR!

- Aspirin® und verwandte Medikamente (»Rheumamittel«, »Grippemittel«, »Schmerzmittel«). Aspirin® verstärkt nicht nur die Wirkung des Gerinnungshemmers, sondern hemmt auch die Verklebung der sogenannten Blutplättchen. Kommt es unter dieser Therapie zu Magengeschwüren, können diese besonders leicht bluten.
- Anabolika – sie können die Bildung von Gerinnungsfaktoren vermindern.
- Antibiotika – sie unterdrücken Vitamin-K-bildende Bakterien im Darm.
- Antidiabetika, also blutzuckersenkende Medikamente – sie verdrängen den Gerinnungshemmer aus der Eiweißbindung.
- Fettsenkende Medikamente und Schilddrüsenhormone.
- Harnsäuresenkende Medikamente – sie verzögern den Abbau des Gerinnungshemmers.
- Medikamente gegen Rhythmusstörungen, insbesondere Cordarex® und chininhaltige Medikamente – sie unterdrücken die Produktion von Gerinnungsfaktoren.
- Beruhigungs- und Schlafmittel – sie können den Gerinnungshemmer in der Leber beschleunigt abbauen.

Gegenteilige Wirkung zeigen die Medikamente der Tabelle auf der nächsten Seite

Medikamente, die die Wirkung des Gerinnungshemmers abschwächen können.
Folge: Thromboemboliegefahr bei steigendem Quickwert und sinkender INR!

- Abführmittel – sie vermindern die Vitamin-K-Aufnahme (umgekehrt können sie aber auch die Aufnahme des Gerinnungshemmers verhindern).
- Harntreibende Medikamente und Digitalis (ein Medikament, das die Pumpkraft des Herzens stärkt).
- Kontrazeptiva – also die »Anti-Baby-Pille«.
- Kortisonhaltige Medikamente – sie führen zu einer vermehrten Produktion von Gerinnungsfaktoren.
- Kunstharze – das sind besonders fettsenkende Medikamente, z. B. Quantalan®, Cholestabyl®.
- Magensäurebindende Medikamente – sie verhindern die Aufnahme des Gerinnungshemmers in die Blutbahn.

Beruhigungs- u. Schlafmittel – sie können den Gerinnungshemmer in der Leber beschleunigt abbauen.

Erkrankungen

Auch akute Erkrankungen, wie z. B. fieberhafte Infekte, Durchfall und Erbrechen, können den Gerinnungswert beeinflussen, so daß daraus Einstellungsschwankungen entstehen und damit entweder ein Blutungs- oder ein Thromboembolie-Risiko. In Zweifelsfällen, bei Erkrankungen und zusätzlich eingenommenen Medikamenten ist eine häufigere Gerinnungskontrolle unbedingt notwendig. In jedem Fall sollten Sie auch mit Ihrem Arzt Rücksprache halten.

Zuckerkrankheit

Bei Patienten mit Zuckerkrankheit (Diabetes mellitus), die mit Tabletten behandelt werden, kann Marcumar® oder Falithrom® eine Unterzuckerung (Hypoglykämie) hervorrufen. Dazu gehört vor allem das Blutzucker senkende Medikament Glibenclamid (z. B. Euglucon®,

Azuglucon®, Duraglucon®, Gliben-Puren®, Glimidstada®, Gluconorm®). Hier sind anfangs engmaschige Kontrollen des Blutzuckers unbedingt erforderlich.

Impfung und Gerinnungshemmung

Besonders zu beachten sind einige Regeln, wenn Sie Spritzen erhalten. Spritzen in die Vene (intravenöse Injektionen, i.v.) und unter die Haut (subcutane Injektionen, s. c.) sind jederzeit möglich. Spritzen in den Muskel (z. B. in den Gesäß-, den Oberschenkel- oder Oberarmmuskel) sind wegen der Blutungsgefahr mit Schädigung von Nerven und Muskulatur unbedingt zu vermeiden.

Praktisch alle Impfungen, z. B. auch Grippe- und Wundstarrkrampf-Impfungen (Tetanus), sind aber durchführbar, da die meisten Impfstoffe auch unter die Haut (s. c.) gespritzt werden können. Diese Impfungen unter die Haut sollten an der Außenseite des Oberarms oder am Oberschenkel außen vorn vorgenommen werden. Bei speziellen Impfungen, z. B. für das Ausland, sollten Sie für die Durchführung rechtzeitig einen längeren Zeitraum als üblich einkalkulieren und sich von Ihrem Arzt oder von der Institution, die für die Impfung zuständig ist, beraten lassen.

Ernährung, Alkohol und Nikotin

Vitamin-K-Gehalt in Nahrungsmitteln

Der Einfluß von Vitamin-K-haltigen Nahrungsmitteln wird häufig überschätzt. Die Warnungen in den Beipackzetteln der Gerinnungshemmer sind juristisch begründet. Unterschätzt wird die gerinnungssteigernde Wirkung von fettreicher Kost, Übergewicht, erhöhten Blutfetten, von Zuckerkrankheit, Alkohol und Nikotin.

Prinzipiell müssen Sie sich auch als antikoagulierter Patient »gesund« und vitaminreich ernähren. Ihr Bedarf an Gerinnungshemmern kann bei entsprechender Kontrolle an jede Kostform angepaßt werden. Nur aus dem Rahmen fallende »Übertreibungen« – z.B. der spontane Verzehr von drei Tellern Spinat oder großer Mengen von Hühnerleber – sollten vermieden werden. Auch bei vegetarischer Ernährung sehen wir keine Probleme mit der gerinnungshemmenden Therapie.

Einige Anhaltspunkte bietet die Tabelle. Dieser können Sie entnehmen, welche Nahrungsmittel besonders viel Vitamin K enthalten. Der Vitamin-K-Gehalt in Nahrungsmitteln wird in der Literatur allerdings nicht einheitlich angegeben. Es handelt sich hier nur um eine kleine Auswahl. Vitamin K ist übrigens relativ widerstandsfähig gegen Hitze und Tiefkühlung. Auch nach längeren Kochzeiten bzw. in der Tiefkühlkost bleibt das Vitamin K erhalten.

Hoch ist der Vitamin-K-Gehalt, wenn er bei 0,1 bis 1,6 mg/100 g liegt. ⟶
Mittel ist der Vitamin-K-Gehalt, wenn er bei 0,01 bis 0,1 mg/100 g liegt.
Niedrig ist der Vitamin-K-Gehalt, wenn er unter 0,01 mg/100 g liegt.
Quelle: Patientenratgeber »Mit Gerinnungshemmern leben« der Hoffmann La Roche AG, Grenzach-Wyhlen o. J. (modifiziert).

Vitamin-K-Gehalt in Nahrungsmitteln

100 g enthalten (Frisch-/Rohzustand)	Vitamin K (mg)
Hoher Vitamin-K-Gehalt	
Spinat	0,35
Blumenkohl	0,3
Rosenkohl	0,57
Broccoli	0,13
Kohl (grüne Blätter von Weiß- u. Grünkohl)	0,125
Kopfsalat	0,2
Rotkohl	0,3
Sauerkraut	1,54
Sojabohnen (Samen, trocken)	0,19
Sojamehl	0,2
Weizenkeime	0,3
Sonnenblumenöl	0,5
Dorschleber	0,1
Brathuhn	0,3
Hühnerleber	0,59
Hammel- und Lammfleisch:	
Muskelfleisch	0,2
Kalbfleisch:	
Leber	0,15
Rindfleisch:	
Muskelfleisch	0,21
Leber	0,3
Mittlerer Vitamin-K-Gehalt	
Hafer (Korn)	0,05
Mais (Korn)	0,04
Weizen (Kleie)	0,08
Maiskeimöl	0,05
Weizen (Korn)	0,017
Honig	0,025
Bohnen (grün, Schnittbohnen)	0,022
Erbsen (Schote u. Samen, grün)	0,039

Vitamin-K-Gehalt in Nahrungsmitteln (Fortsetzung)

100 g enthalten (Frisch-/Rohzustand)	Vitamin K (mg)
Brunnenkresse	0,057
Möhren	0,02
Pilze (Champignon)	0,017
Sellerie	0,01
Spargel	0,04
Erdbeeren	0,013
Speisequark, 40% Fett i. Tr.	0,05
Speisequark, 20% Fett i. Tr.	0,023
Hühnerei	0,045
Butter	0,06
Schweinefleisch:	
Muskelfleisch	0,018
Leber	0,024
Niedriger Vitamin-K-Gehalt	
Gurken	0,005
Kartoffeln	0,005
Tomaten reif	0,008
Zuckermais	0,002
Apfel	0,005
Apfelsine	0,002
Avocado	0,008
Banane	0,002
Pfirsich	0,001
Rosinen	0,008
Milch:	
3,5% Fett	0,0037
1,5% Fett	0,0016
Joghurt aus Magermilch	0,0005
Magerquark	0,0012

Alkohol

Hinsichtlich des Alkoholgenusses gilt: größere Mengen Alkohol fördern die Blutgerinnung. Darüber hinaus ist auch die Verletzungsgefahr nicht zu unterschätzen, wenn man »nicht mehr sicher auf den Beinen ist«. Hierbei ist also alles eine Frage des rechten Maßes!

Rauchen

Rauchen kann die Blutgerinnungsneigung erhöhen und sollte deshalb unterlassen werden. Wir raten unseren Patienten aber noch aus einem anderen Grund schon vor der Operation ganz dringend dazu, nicht mehr zu rauchen: *eine* Herzerkrankung genügt! Nach gelungenem Herzklappenersatz sollte man die Zukunftserwartung nicht durch eine zusätzliche koronare Herzerkrankung bzw. Herzinfarkt in Frage stellen, für die das Rauchen ja einer der wichtigsten Risikofaktoren ist. Im allgemeinen ist jedoch die Herzoperation ein so bedeutsames Ereignis, daß viele Menschen bereit sind, jetzt das Rauchen einzustellen. Für den Patienten mit Herzklappenersatz ist die Raucherbronchitis als mögliche Infektionsquelle für eine Endokarditis ein besonderes Problem.

Heparin® und Vitamin K

Im folgenden soll von zwei Wirkstoffen die Rede sein, die unterschiedlich wirksam sind: einerseits vom Heparin® bei einer zu hohen Gerinnungsbereitschaft (Thromboseneigung) und andererseits vom Vitamin K bei einer zu hohen Blutungsbereitschaft (Blutungsneigung).

Übrigens ist Aspirin® (= Acetylsalicylsäure) völlig anders wirksam als Gerinnungshemmer und Heparin® und deshalb kein vollwertiger Ersatz für die beiden Medikamente. Aspirin® beeinflußt die Funktion der Blutplättchen, d.h. es verhindert das Zusammenkleben der Blutplättchen, z.B. an verkalkten Gefäßabschnitten.

Heparin®

Heparin® ist ein gerinnungshemmendes Medikament, das nur durch Injektion unter die Haut oder über die Vene zugeführt wirksam ist. Im Unterschied zu den Gerinnungshemmern in Tablettenform, wie z.B. Marcumar®, welche erst nach 48 bis 72 Stunden wirken, entfaltet Heparin® seine Wirkung sofort.

Niedermolekulare Heparine (z.B. Fragmin®, Fraxiparin®) werden im Unterschied zu den herkömmlichen Heparinen einmal täglich unter die Haut gespritzt. Trotz des Vorteils der einmaligen Gabe in 24 Stunden sind sie zur Verhütung von Gerinnselbildung z.B. an einer Kunstklappe nicht geeignet und dafür auch nicht zugelassen.

Deshalb ist die Anwendung von Heparin® in folgenden Situationen sinnvoll:

- Bei zahnärztlichen oder ärztlichen Eingriffen (z.B. der Entfernung von mehreren Backenzähnen) kann es erforderlich sein, den Quickwert kurzfristig anzuheben (die INR zu senken). Ist eine höher dosierte Heparingabe wegen zu hoher Quickwerte (zu niedriger INR) über einen längeren Zeitraum erforderlich, muß die überlappende Heparin-Therapie vom Arzt überprüft werden. Dies geschieht durch die Bestimmung der partiellen Thromboplastinzeit (PTT) aus Venenblut.

- Liegt der Quickwert im Alltag um mehr als 10 Prozentpunkte über dem therapeutischen Zielbereich (INR $< 2{,}0$), so sollte der Gerinnungshemmer auf jeden Fall höher dosiert werden. Bis jedoch eine Änderung des Gerinnungswertes eintritt, ist die Gerinnungshemmung nicht optimal. Dies gilt insbesondere für Träger von künstlichen Herzklappen. Bis dahin empfehlen wir zusätzlich die Gabe von Heparin®, das unter die Haut (subcutan) gespritzt wird. Als Körperstelle ist besonders eine Bauchfalte geeignet. Die Menge sollte je nach Körpergewicht 3× 5000–10 000 Einheiten Heparin® betragen. Die für Sie benötigte Heparinmenge legen Sie bitte mit Ihrem behandelnden Arzt fest. Das Heparin® sollte unbedingt 3× am Tag unter die Haut gespritzt werden, damit Sie einen wirksamen Heparinspiegel im Blut haben. Der Patient kann das Spritzen – wie jeder Zukkerkranke auch – selbst durchführen. Ist die Heparingabe in höheren Dosen wegen zu hoher Quickwerte (zu niedriger INR) über einen längeren Zeitraum erforderlich, muß das Ausmaß der überlappenden Heparin-Therapie vom Arzt überprüft werden.
- Bei geplanten Operationen sollte mit der überlappenden Therapie mit Heparin® begonnen und der Gerinnungshemmer rechtzeitig abgesetzt werden. Wann dies erforderlich ist, entscheidet der zuständige Arzt. Für die Zeit nach der Operation ist die Anwendung von Heparin® notwendig, bis mit der »Marcumarisierung« wieder begonnen werden kann und die Gerinnungswerte wieder im therapeutischen Zielbereich liegen.

Für die Zeit, in der Sie auf eine überlappende Heparin-Therapie angewiesen sind, sollten Sie Ihre Gerinnungskontrollen unbedingt unmittelbar vor der Heparingabe durchführen. Bei Nichteinhalten dieser Empfehlung kommt es zur Verfälschung der Gerinnungswerte: der Quickwert wird zu niedrig, die INR zu hoch gemessen.

Vitamin K

Der »Gegenspieler« von Marcumar® ist das Vitamin K. Dieses Vitamin aktiviert in der Leber die Produktion von Gerinnungsfaktoren, es trägt zur Erhöhung des Quickwertes bzw. zur Erniedrigung der INR bei.

Vitamin K kann geeignet sein, einen zu niedrigen Quickwert bzw. eine zu hohe INR langsam zu korrigieren. Soweit keine Komplikationen in Form von leichten oder schweren Blutungen bestehen, reicht es, bei Gerinnungswerten unterhalb des therapeutischen Zielbereichs die Dosierung des Gerinnungshemmers zu vermindern oder kurzfristig mit der Medikamenten-Einnahme auszusetzen. Bei sehr niedrigen Quickwerten können Sie nach Rücksprache mit Ihrem Arzt gegebenenfalls zwei bis drei Tropfen Konakion® nehmen. Konakion® ist ein Vitamin-K-Präparat. Konakion® ist jedoch erst etwa nach frühestens 12 Stunden wirksam: so lange dauert es nämlich, bis von der Leber wieder voll funktionsfähige Gerinnungsfaktoren gebildet werden. Konakion® ist somit zur Notfallbehandlung nicht geeignet. Ein ständiges Mitführen der Konakion®-Ampulle – z. B. auf dem Marcumar-Ausweis aufgeklebt – ist daher nicht erforderlich.

Besonders wichtig ist, daß Sie bei Gerinnungswerten außerhalb des therapeutischen Zielbereiches kürzere Kontrollintervalle einhalten, z. B. unter Umständen täglich kontrollieren. Informieren Sie Ihren Arzt und achten Sie sorgfältig auf Zeichen beginnender Blutungen! Muß die Gerinnung schnell, z. B. bei schweren Verletzungen oder Notfall-Operationen, normalisiert werden, stehen dem Arzt andere Medikamente zur Verfügung, die in die Venen gespritzt werden (z. B. PPSB = Prothrombinkomplex und FFP = Fresh Frozen Plasma) und den Quickwert (INR) in kürzester Zeit in den gewünschten Bereich bringen.

Verhalten bei Blutungen und Thromboembolien

Blutungen

Da die Gerinnungsfähigkeit des Blutes herabgesetzt worden ist, können durchaus Zahnfleischbluten beim Zähneputzen oder Wundblutungen nach geringen Verletzungen verstärkt auftreten. Wer sich stößt, kann auch eher »blaue Flecken« bekommen. Bei Frauen kann die Menstruationsblutung stärker als üblich sein.

Das ist unter einer gerinnungshemmenden Therapie noch normal und kein Anlaß zur Sorge. Dennoch sollten Sie bei ungewohnten leichten Blutungen (z.B. blaue Flecken, Nasenbluten, Zahnfleischbluten) sicherheitshalber das Ausmaß der Gerinnung kontrollieren. Ist der Quickwert zu niedrig (die INR hoch), genügt es im allgemeinen, die Dosierung des Gerinnungshemmers zu vermindern bzw. mit der Einnahme kurz auszusetzen. Bei sehr niedrigen Quickwerten (zu hoher INR) sollten Sie zusammen mit Ihrem Arzt entscheiden, ob Konakion® gegeben werden sollte.

Bei zu starker Herabsetzung der Blutgerinnung kann es jedoch zu Blutungskomplikationen kommen. Warnzeichen solcher Blutungen können sein:

- massives Nasen- bzw. Zahnfleischbluten,
- ausgedehnte Blutergüsse, d.h. blaue Flecken unter der Haut, ohne daß man sich unbedingt gestoßen hat,
- Einblutung in Gelenke mit Schwellung und Schmerzen,
- Braunverfärbung des Urins oder sogar Blut im Urin,
- Blut im Stuhl, besonders eine teerschwarze Verfärbung des Stuhls,
- Erbrechen von Blut (»kaffeesatzartig«) und Bluthusten,
- ungewohnte Kopfschmerzen,
- Sehstörungen, Sprachstörungen und/oder Gefühlsstörungen,
- Schwäche oder flüchtige Lähmungen der Gliedmaßen,
- andere unerklärliche Krankheitszeichen.

Leider schließt ein Gerinnungswert im therapeutischen Zielbereich eine Blutung nicht aus! Wenn ein Organ nicht intakt ist, z.B. bei Magengeschwüren, Nierensteinen, erkannten und unerkannten Tumoren aller Art, kann es am Ort der Gewebeveränderung zu Blutungen kommen. Daher zwingt eine solche Blutung immer auch zur Klärung der Ursache.

Thromboembolie

Sehstörungen, Sprachstörungen, Gefühlsstörungen und akute Schmerzen, Schwäche, Lähmungen der Gliedmaßen oder plötzliche körperliche Schwäche mit Herzrasen, Blässe, Kurzatmigkeit sowie kaltem Schweiß können andererseits auch ein Hinweis auf eine Thromboembolie – also auf akute Gerinnselbildung mit Verschleppung in ein anderes Organ – sein. Falls Sie solche Warnzeichen feststellen, müssen Sie entweder Ihren Arzt oder ein Krankenhaus aufsuchen, oder rufen Sie sofort den Notarzt an!

Hinsichtlich der hier genannten Komplikationen gilt grundsätzlich: je besser das Ausmaß der Gerinnung kontrolliert und je stabiler sie eingestellt ist, desto geringer ist das Risiko für das Auftreten solcher Komplikationen. Ein Grund mehr, die Gerinnungskontrollen kontinuierlich, engmaschig und sorgfältig durchzuführen!

Verletzungen

Bei Blutungen stellt sich auch die Frage, wie gefährlich blutende Wunden oder Verletzungen sind. Verletzungen oberflächlich liegender Venen können zwar bluten, sind praktisch aber nicht bedrohlich. Sie kommen häufig bei Fleischwunden vor. Man nimmt saubere Handtücher, Servietten, Taschentücher, legt sie mehrfach zusammen und drückt fest und lange auf die blutende Wunde, bis die Blutung zum Stillstand gekommen oder der Arzt erreicht ist. Größere Verletzungen müssen genäht werden, wie das auch ohne Gerinnungshemmer der Fall ist. Eine Arterienverletzung, d.h. Durchtrennung einer Schlagader bei schweren Verkehrs- oder Berufsunfällen, führt auch ohne Gerinnungshemmer eventuell zu schweren Blutverlusten. In diesem Fall muß man auf die rhythmisch spritzende Blutung sehr stark drücken. Ein sofortiger Transport in das nächste Krankenhaus ist erforderlich. Schwere Arterienverletzungen sind jedoch glücklicherweise sehr selten.

Urlaub und Reisen

Bewegungsfreiheit ist ein wesentliches Kriterium unserer Lebensqualität. Angesichts der allgemeinen Mobilität der Bevölkerung gehört für dauerhaft »marcumarisierte« Patienten die zeitliche und räumliche Unabhängigkeit von regelmäßigen, engmaschigen ärztlichen Kontrollterminen dazu.

Viele berufliche Situationen – nicht nur die des Außendienstmitarbeiters – erfordern eine große Mobilität. Menschen aus allen sozialen Schichten und jeglichen Alters haben das Bedürfnis zu reisen, auch in andere Länder innerhalb und außerhalb unseres Kontinents.

Patienten, die dauerhaft antikoaguliert sind, haben bei diesen Reisen oftmals Schwierigkeiten: mit fremden Ärzten, unklaren Bestimmungssystemen und therapeutischen Bereichen, anderen Kontrollmethoden und Ergebniseinheiten, mit der sprachlichen Verständigung. Hier ist die selbständige Durchführung der Gerinnungskontrolle ein großer Vorteil: die Quickwert-Selbstbestimmung ermöglicht es Ihnen, sich im Urlaub und auf beruflichen Reisen erheblich freier zu bewegen. Sie sind an kein fremdes Gesundheitssystem und auch nicht an fremde ärztliche Kontrollmöglichkeiten gebunden.

Reisen – auch in entfernte Länder – sind durchaus möglich. Das handliche Gerinnungsmeßgerät nehmen Sie in einem stoßfesten kleinen Transportkoffer mit, in dem das Gerät selbst, sowie sämtliches Zubehör und das Verbrauchsmaterial, bruchsicher verstaut ist. Im Auto, in der Bahn und auf Flugreisen kann der Koffer bequem transportiert werden.

Folgende Tips möchten wir Ihnen geben, damit Sie Ihre Reise unbeschwert gestalten können:

– Vor dem Urlaub sollten Sie einen ausreichenden Vorrat an Medikamenten und Verbrauchsmaterialien besorgen. Nehmen Sie nur soviel Teststreifen mit, wie Sie im Urlaub wahrscheinlich benötigen (zuzüglich einer Reserve). Denken Sie auch an Ihren Antikoagulantien-Ausweis. Außerdem sollten Sie einen Durchschlag oder eine Kopie Ihres letzten Befundberichtes und das Merkblatt zur Endokarditisverhütung besorgen und mitnehmen, falls Sie im Ausland einen Arzt brauchen.

- Vergessen Sie auch nicht, sich vor der Reise mit Ihrer Krankenkasse in Verbindung zu setzen (z.B. wegen des Auslandskrankenscheins). Denken Sie für alle Fälle an eine Reisekostenrücktrittsversicherung und Reiserückholversicherung.
- Falls *Impfungen* für eine Reise notwendig sind, sollten Sie sich rechtzeitig zur Planung der Impfung mit Ihrem Hausarzt in Verbindung setzen. Trotz einer gerinnungshemmenden Therapie sind die meisten Impfungen unter die Haut möglich.
- Führen Sie die Gerinnungskontrollen an Ihrem Urlaubsort – vor allem in den ersten Tagen – engmaschig durch. Andere Klima- und Ernährungsverhältnisse können den Organismus und die Blutgerinnung beeinflussen.
- Falls Sie sich im Ausland in ärztliche Behandlung begeben müssen, denken Sie daran, daß der Quickwert international nicht üblich ist. Gewöhnlich wird die INR (International Normalized Ratio) angegeben.

Noch etwas Wichtiges für den antikoagulierten Reisenden: die nachfolgende Liste gibt an, wie Ihr Medikament im Ausland heißt und welchen Wirkstoff es enthält.

Ihr Gerinnungshemmer hat zwei Namen:

- Den *Handelsnamen*, den ihm die Pharma-Firma gegeben hat, der von Land zu Land ganz unterschiedlich sein kann.
- Den internationalen Namen des *Wirkstoffes* Ihres Medikamentes.

Marcumar® und Falithrom® sind die *Handelsnamen*.
Der *Wirkstoff* von Marcumar® und Falithrom® ist Phenprocoumon.

Sollten Sie Ihren Gerinnungshemmer im Ausland brauchen, nehmen Sie möglichst nur das Medikament, das genau den gleichen Wirkstoff hat wie Ihres. Suchen Sie auf dem Beipackzettel oder auf der Verpackung Ihres Gerinnungshemmers den Wirkstoff heraus, und wählen Sie den gleichen Wirkstoff und den entsprechenden Handelsnamen in der Liste heraus.

Sollte im Ausland für Sie der Gerinnungshemmer Phenprocoumon (= Marcumar® und Talithrom®) nicht erhältlich sein, können Sie als Ersatzpräparat Gerinnungshemmer mit folgendem Wirkstoff erwerben: Warfarin oder Acenocoumarol. Die Handelsnamen dieser Medikamente sind z. B. Coumadin® und Sintrom® (vergleiche Tabelle).

Hier müssen Sie allerdings bedenken, daß es bei der Einnahme von Warfarin oder Acenocoumarol zu schwankenden und schlechter steuerbaren Gerinnungswerten kommen kann, da beide zu den kurzwirkenden Gerinnungshemmern gehören. Es sind daher engmaschigere Gerinnungskontrollen notwendig.

Wie heißt mein Medikament in einem anderen Land?

Handelsname	Wirkstoff	Land
Langwirkende Gerinnungshemmer:		
Liquamar	Phenprocoumon	USA
Marcoumar	Phenprocoumon	Belgien, Dänemark, Holland
Marcumar		Kanada, Deutschland, Spanien, Schweiz
Falithrom	Phenprocoumon	Deutschland

Wie heißt mein Medikament in einem anderen Land?

Handelsname	Wirkstoff	Land
Kurzwirkende Gerinnungshemmer:		
Aldocumar	Warfarin	Spanien
Athrombin-K	Warfarin	Kanada, USA
Coumadin	Warfarin	Kanada, Deutschland, Italien, USA
Coumadine	Warfarin	Belgien, Frankreich
Marevan	Warfarin	Belgien, Dänemark, Norwegen, England
Panwarfin	Warfarin	USA
Sinthrome	Acenocoumarol	Großbritannien
Sintrom	Acenocoumarol	Belgien, Kanada, Frankreich, Italien, Spanien, Holland, Schweiz, Österreich

(modifiziert nach Reynolds J. E. F. (ed.) Martindale: The Extra Pharmacopoeia. 29th Edition, London. The Pharmaceutical Press).

Kostenübernahme von Gerät und Verbrauchsmaterialien durch die gesetzlichen Krankenkassen

Nach der am 1. Oktober 1992 in Kraft getretenen Neufassung der Heil- und Hilfsmittel-Richtlinien ist der bisherige Verordnungsausschluß von Geräten zur Messung von Körperzuständen, wie z. B. Blutdruck-Meßgeräte, Blutzucker-Meßgeräte und Blutgerinnungs-Meßgeräte, aufgehoben worden. Für diese Geräte besteht eine Verordnungsfähigkeit zu Lasten der gesetzlichen Krankenkassen.

Nach erfolgreicher theoretischer und praktischer Schulung in der Quickwert-Selbstbestimmung können Sie einen Antrag zur Kostenübernahme von Gerät und Verbrauchsmaterialien bei Ihrer gesetzlichen Krankenkasse stellen. Folgende Voraussetzungen müssen erfüllt sein:

1. Sie müssen für eine unabsehbare Zeit auf einen Gerinnungshemmer angewiesen sein.
2. Sie müssen eine Bescheinigung über die erfolgreiche Teilnahme an einer Schulung zur Quickwert-Selbstbestimmung vorlegen. Die Bescheinigung muß beinhalten, daß Sie ein Gerinnungsmeßgerät richtig benutzen können, damit selbständig und zuverlässig Ihren Gerinnungswert bestimmen können und aufgrund der selbstermittelten Werte in der Lage sind, Ihren Gerinnungshemmer adäquat zu dosieren. Diese Bescheinigung erhalten Sie von dem Arzt, der Sie in der Quickwert-Selbstbestimmung geschult hat.
3. Sie benötigen eine Ärztliche Verordnung, auf der der Krankenkasse bescheinigt wird, daß Sie zur Verhütung von Thromboembolien auf unabsehbare Zeit einen Gerinnungshemmer einnehmen müssen und auf der Ihnen das Gerinnungsmeßgerät und Verbrauchsmaterial verschrieben wird.
4. Sie haben ein Angebot über die Kosten von Gerinnungsmeßgerät und Verbrauchsmaterial und fügen dieses bei.

Sind die obengenannten Punkte erfüllt, können Sie die Kostenübernahme für das Gerinnungsmeßgerät und Verbrauchsmaterial mit den entsprechenden Unterlagen bei Ihrer gesetzlichen Krankenkasse beantragen.

Bei dem Antrag auf Kostenübernahme von Gerät und Verbrauchsmaterial raten wir Ihnen, gleichzeitig die Kostenübernahme für die Folgekosten, wie z.B. Testträger, Qualitätskontrollen, Lanzetten etc., von Ihrer gesetzlichen Krankenkasse mit bewilligen zu lassen.

Zur Bestellung des Gerätes mit Verbrauchsmaterialien müssen Sie die Bescheinigung über die erfolgreiche Teilnahme an einer Schulung zur Quickwert-Selbstbestimmung bei der Boehringer Mannheim GmbH einreichen.

Manche gesetzlichen Krankenkassen behalten sich vor, bis zum Ablauf von einem halben Jahr das Gerinnungsmeßgerät nur leihweise zur Verfügung zu stellen. Nach Überprüfung Ihres Antikoagulantien-Ausweises wird entschieden, ob das Gerät in Ihren endgültigen Besitz übergeht. Auch aus diesem Grunde sollten Sie Ihre Gerinnungskontrollen sorgfältig dokumentieren.

Gerinnungsmeßgerät selbst kaufen

Sollten Sie das Gerinnungsmeßgerät selbst kaufen wollen – also ohne Kostenübernahme durch eine gesetzliche Krankenkasse –, wenden Sie sich mit der Teilnahmebescheinigung über eine erfolgreiche Schulung direkt an die Boehringer Mannheim GmbH.

Nachbestellung

Testträger, Test-Kassetten, Control-Ampullen und Lanzetten können Sie noch direkt bei der Boehringer Mannheim GmbH bestellen. Für die Kostenübernahme bei der gesetzlichen Krankenkasse benötigen Sie ein Heil- und Hilfsmittel-Rezept von Ihrem behandelnden Arzt, das Sie mit der Rechnung der Boehringer Mannheim GmbH bei Ihrer gesetzlichen Krankenkasse einreichen.

Ab 1. 1. 1996 erhalten Sie sämtliche Verbrauchsmaterialien in öffentlichen Apotheken.

Und jetzt verlassen wir das Thema Gerinnungshemmung und wenden uns kurz noch einem ganz anderen Bereich zu, der unseres Erachtens vor allem für den Kunstklappen-Patienten genauso wichtig ist. Ähnlich wie bei der Gerinnungshemmung fehlt es ihm aber oft an der notwendigen Information.

Endokarditisprophylaxe: Verhütung einer Entzündung der Herzinnenhaut im Klappenbereich

Bei ärztlichen und zahnärztlichen Eingriffen können nach Verletzung der Haut oder der Schleimhaut Bakterien in das Blut eindringen. Immer, wenn Bakterien in das Blut gelangen, kann es z.B. an veränderten, erkrankten, operierten, künstlichen Herzklappen oder Bioprothesen, bei angeborenen oder erworbenen Herzfehlern, sowie bei durchgemachter Herzinnenhautentzündung (= Endokarditis), zur Besiedlung des abwehrschwachen Gewebes mit diesen Keimen kommen. Zum Schutz vor einer bakteriellen Herzinnenhautentzündung sollten deshalb rechtzeitig vor und nach dem Eingriff *unbedingt* Antibiotika gegeben werden.

Wer braucht solche Schutzmaßnahmen?

Gruppe 1: alle Patienten mit künstlichen Herzklappen, Bioprothesen oder wiederherstellenden Operationen an den eigenen erkrankten Herzklappen, z.B. nach Klappensprengung bei hochgradiger Verengung oder nach Klappenrekonstruktionen.

Gruppe 2: alle Patienten mit durchgemachter bakterieller Endokarditis.

Patienten der Gruppe 1 und 2 haben ein besonders hohes Risiko für eine Endokarditis.

Gruppe 3: Patienten mit angeborenen Herzfehlern: Ventrikelseptumdefekt, Aortenisthmusstenose, Aortenstenose, Pulmonalstenose, offener Ductus Botalli, Fallot'sche Tetralogie, systemisch-pulmonale Shunts, Vorhofseptumdefekt vom Primumtyp.

Gruppe 4: alle Patienten mit erworbenen rheumatischen und nichtrheumatischen Herzfehlern, z.B. Mitralstenose, Mitralinsuffizienz, Aortenstenose, Aorteninsuffizienz, Mitralklappenprolaps mit systolischem Auskultationsgeräusch.

Gruppe 5: Patienten mit hypertrophisch-obstruktiver Kardiomyopathie (HOCM).

Gruppe 6: Patienten mit intrathorakalen Aortenaneurysmen und Zustand nach Aortenaneurysmaoperation.

Patienten der Gruppe 3 bis 6 haben ein mäßiges Risiko für eine Endokarditis.

Wer braucht **keine** solche Schutzmaßnahmen?

Patienten mit Vorhofseptumdefekt vom Sekundumtyp, Mitralklappenprolaps ohne Mitralinsuffizienz, nach Bypass-Operation, Operation an der Bauchaorta, Operation eines Herzwandaneurysmas, Ballondilatation (= PTCA), Schrittmacherimplantation oder Stent-Implantation.

Patienten nach erfolgreicher Operation eines Vorhof- oder eines Ventrikelseptumdefektes, Ductus Botalli oder Aortenisthmusstenose.

Wann ist eine Endokarditis-Verhütung notwendig?

Die genannten Patienten brauchen einen antibiotischen Schutz immer dann, wenn es zur Einschwemmung von Bakterien ins Blut kommt. Das geschieht bei haut- und schleimhautverletzenden Eingriffen, z. B.

- zahnärztlichen Eingriffen, die mit Zahnfleischbluten einhergehen, z. B. Zahnsteinentfernung, Beschleifen von Zähnen für einen festsitzenden Zahnersatz (Krone, Brücke), Implantation von Zähnen, Ziehen von Zähnen, Parodontalchirurgie.
- chirurgischen Maßnahmen, z. B. Abszeßeröffnung.
- Eingriffen an den oberen Luftwegen, wie z. B. starre Lungenspiegelung oder flexible Lungenspiegelung (Bronchoskopie) mit Gewebeentnahmen (Biopsien).

- Eingriffen im Magen-Darm-Bereich und an den Geschlechtsorganen, wie z. B. Blasenspiegelung (Zystoskopie), Blasenkatheterisierung, Magen-Darm-Spiegelung (Gastroskopie) mit Gewebeentnahmen oder Polypabtragung, Enddarmspiegelung (Rekto-Sigmoidoskopie) mit Gewebeentnahmen oder Polypabtragung, hohe Darmspiegelungen (Koloskopie), Leberbiopsie, Kontrastmitteleinlauf des Darms, Entfernung von Hämorrhoiden und komplizierten Entbindungen.
- Generell bei operativen Maßnahmen des Hals-Nasen-Ohren-Bereiches, des Bauches und der Harn- und Geschlechtsorgane.

Wann ist eine Endokarditis-Verhütung nicht notwendig?

Ein erhöhtes Risiko für eine Endokarditis ist u. a. nicht belegt für Herzkatheteruntersuchungen (»kleiner« und »großer« Katheter), unkompliziert verlaufende Geburten, gynäkologische Untersuchungen mit Spiegeleinstellung und Abstrich, Wechsel von Intrauterinpessaren, Magen-Darm-Spiegelungen, Enddarmspiegelungen (Prokto-/Sigmoidoskopie) ohne Gewebeentnahmen, Intubation und Schluckecho (TEE = Transoesophageale Echokardiografie), **wenn keine Infektionen in diesen Bereichen vorliegen**.

Durchführung der Endokarditis-Verhütung

(Die Prophylaxeempfehlungen sind leider weder in Deutschland noch im Ausland einheitlich.)

Die Gabe von Antibiotika muß so früh anfangen, daß zum Zeitpunkt der erwarteten Bakterieneinschwemmung der Antibiotika-Spiegel im Blut »bakterienabtötend« wirksam ist. Sie muß so lange dauern, bis man annehmen kann, daß die Gefahr einer Ansiedlung von Bakterien vorbei ist. Bei Eingriffen im Bereich der Hals-Nasen-Ohren und der Luftwege kommen überwiegend penicillinempfindliche, sogenannte grampositive Bakterienstämme vor. Bei Eingriffen im Bereich der Geschlechtsorgane und des Bauches sind Enterokokken zu befürchten. Die Auswahl des Antibiotikums richtet sich nach den zu erwartenden, vermuteten Bakterien.

Das Antibiotikum sollte in Form von Tabletten oder Granulaten 30–60 Minuten vor dem Eingriff mit Wiederholung nach 8 und 16 Stunden eingenommen werden. Die intravenöse Prophylaxe gibt man zu Beginn des Eingriffes mit einmaliger Wiederholung nach 8 Stunden. Eine Dauerprophylaxe ist nicht sinnvoll.

Patienten, die schon einmal allergisch auf Penicillin reagiert haben, finden in der rechten Spalte besser verträgliche Alternativen.

Die Tabelle finden Sie auf der nächsten Seite.

Eingriffsort		Keine Penicillin-Unverträglichkeit	Bei Penicillin-Unverträglichkeit
Mund-Rachen-Bereich, Luftwege	oral	Penicillin 2 Mio. I. E. (z. B. Baycillin Mega®)	Clindamycin 600 mg (z. B. Sobelin®)
	i. v.	Penicillin 2 Mega (z. B. Penicillin G® von Grünenthal) + Gentamicin 80 mg*[1] (z. B. Refobacin®)	Clindamycin 600 mg (z. B. Sobelin Solubile®) + Gentamicin 80 mg*[1] (z. B. Refobacin®)
Verdauungstrakt, Harn- u. Geschlechtsorgane	oral	Amoxicillin 2–3 g (z. B. Amoxypen®)	Ofloxacin 400 mg*° (z. B. Tarivid®)
	i. v.	Ampicillin 2 g (z. B. Binotal®) + Gentamicin 80 mg*[1] (z. B. Refobacin®)	Vancomycin 1 g* (z. B. Vancomycin CP Lilly®) + Gentamicin 80 mg*[1] (z. B. Refobacin®)
Haut/Abszeß	oral	Flucloxacillin 2 g (z. Staphylex®)	Clindamycin 600 mg (z. B. Sobelin® Solubile®)
	i. v.	Flucloxacillin 1 g (z. B. Staphylex® Trockensubstanz) + Gentamicin 80 mg*[1] (z. B. Refobacin®)	Clindamycin 600 mg (z. B. Sobelin® Solubile®) + Gentamicin 80 mg*[1] (z. B. Refobacin®)

Kontraindikation: *Schwangerschaft und °Kinder unter 16 Jahren. Alternative: Cephalosporin (z. B. oral 1 g Cefadoxil = Bidocef® oder i. v. 2–4 g Cephalotin = Cepovenin®)

1) 80 mg für normalgewichtige Erwachsene, sonst 1,5 mg/kg.

Modifiziertes Endokarditisschema der Deutschen Gesellschaft für Herz- und Kreislaufforschung (Z. f. Kardiol. 76, 451, 1987) und der American Heart Association, Circulation 83: 1174–1178; 1991

Sicherlich bleiben auch nach der Lektüre des Ratgebers viele Fragen offen. Wir hoffen jedoch, daß er möglichst vielen Patienten hilft, den Mut zu finden, durch eigene Aktivitäten zu einer neuen, unabhängigen, sicheren Lebensgestaltung zu finden.

Ein uns wichtiger Dank

Wir möchten an dieser Stelle vor allem jenen Patienten danken, die in der Zeit von 1986 bis heute damit begonnen haben, die Quickwert-Bestimmung selbständig durchzuführen. Sie haben durch ihr aktives, zuverlässiges und verantwortungsbewußtes Handeln dazu beigetragen, den Grundstein für eine neue Entwicklung in der Antikoagulantien-Therapie zu legen. Daß sie dieses Lob verdienen, verdanken sie (und wir) wiederum ihren geduldigen Lehrerinnen, nämlich Frau B. Hillwig, Frau A. Klinkert aus dem Labor der Herz-Kreislauf-Klinik Bad Berleburg und Frau H. Moeller-Jung, die als erste in Deutschland ihre eigenen Quickwerte selbst bestimmt hat.

Unser Dank gilt aber auch zwei Persönlichkeiten, die maßgeblich zur Weiterentwicklung der Quickwert-Selbstbestimmung beigetragen haben: Herrn P. L. Sebastian – Boehringer Mannheim GmbH, der sich seit 1988 in diesem Bereich besonders engagiert, und Frau Dr. rer. nat. U. Geuß – Boehringer Mannheim GmbH, die seit 1992 seine Aufgaben mit übernommen hat. Frau G. Härtling-Sojka – Boehringer Mannheim GmbH – danken wir für ihre wertvollen Anregungen und Korrekturen.

Dr. med. Angelika Bernardo
Dr. med. Carola Halhuber

Wichtige Anschriften

Dr. med. Angelika Bernardo / Dr. med. Carola Halhuber
Herz-Kreislauf-Klinik
57319 Bad Berleburg
Tel.: 02751/882-561
Telefax: 02751/882-407

Deutsche Herzstiftung e.V.
Wolfsgangstr. 20
60322 Frankfurt/Main
Tel.: 069/955128-0
Telefax: 069/955128-13

Boehringer Mannheim GmbH
Produkt Management CoaguChek®/CoaguChek® Plus
Sandhofer Str. 116
68305 Mannheim
Tel.: 0621/759-4646 (Service)
Tel.: 0621/759-3921 (Frau G. Härtling-Sojka)
Tel.: 0621/759-3139 (Dr. F. Deickert)

Die Deutsche Herzstiftung nennt Ihnen Namen und Adressen von Personen und Institutionen, die Schulungen zum Erlernen der Quickwert-Selbstbestimmung durchführen.

Erklärung medizinischer Fachausdrücke

Abrasio

Ausschabung, z. B. der Gebärmutter zur Gewinnung von Material für spezielle Gewebe- und Zelluntersuchungen.

Abszeß

abgekapselte Eiteransammlung im Gewebe, verursacht durch eine bakterielle Entzündung.

Aneurysma

umschriebene Erweiterung einer Arterie als Folge einer angeborenen Fehlbildung oder erworbenen Gefäßwandschädigung aufgrund einer Verletzung, einer Entzündung oder einer Gefäßverkalkung. Erweiterung der linken Herzkammer im Gebiet der Narbe, z. B. nach Herzinfarkt.

Antibiotikum

Medikamente, deren Grundsubstanz aus bestimmten Pilzen gewonnen wird und die das Absterben von Bakterien zur Folge haben; das bekannteste Antibiotikum ist Penicillin.

Antikoagulans

(Mehrzahl: Antikoagulantien): Medikament, welches die Blutgerinnung hemmt. Greift durch Verdrängung des Vitamin K in der Leber in die Bereitstellung der Gerinnungsfaktoren ein. Dadurch wird die Blutungszeit verlängert bzw. die Gerinnungsfähigkeit des Blutes herabgesetzt.

Antikoagulation

Behandlung mit einem Gerinnungshemmer, der die Gerinnungsfähigkeit des Blutes herabsetzt.

Aortenaneurysma

umschriebene Erweiterung der größten Körperschlagader (= Aorta), die Blut vom Herzen weg in den Körper leitet.

Aorteninsuffizienz

Schließunfähigkeit der Aortenklappe. Die Aortenklappe sitzt zwischen der linken Hauptkammer und der Hauptschlagader. Sie verhindert normalerweise bei der Erschlaffung des Herzmuskels (diastole) den Rückstrom des sauerstoffreichen Blutes von der Aorta ins Herz.

Aortenisthmusstenose
angeborene Verengung der Hauptschlagader am Übergang vom Bogen zum absteigenden Teil dieses Gefäßes.

Aortenstenose
angeborene oder erworbene Verengung der Aortenklappe, die ein wirksames Fließhindernis des Blutes darstellt.

Arterie
Blutgefäß (= Schlagader) unterschiedlicher Größe, das sauerstoffreiches Blut vom Herzen wegführt.

Aspirin®
Wirkstoff ist die Acetylsalicylsäure. Sie verhindert das Zusammenkleben der Blutplättchen und hat darüber hinaus auch eine schmerzlindernde und fiebersenkende Wirkung. Erhöht die Blutungsgefahr. Weitere Medikamente, die Acetylsalicylsäure enthalten, sind: ASS®, Colfarit®, Monobeltin®, Godamed®, Asasantin®, Alka-Seltzer®, Thomapyrin® und andere.

Ballondilatation (= PTCA)
Aufblähen eines Gummiballons, befestigt an einem Katheter, zur Weitung oder Aufdehnung von Verengungen, z. B. in Herzkrankgefäßen oder Herzklappen.

Bakteriämie
Krankheitserreger, z. B. Bakterien, werden über die Blutbahn im ganzen Körper verteilt.

Bauchaorta
Hauptschlagader im Bauchraum.

Biopsie
Gewebeentnahme aus unterschiedlichen Organen, wie z. B. Magen, Darm, Lunge etc., für spezielle Gewebeuntersuchungen.

Biotrack 512
bis 1995 Handelsname für einen modernen Gerinnungsmonitor zur Überwachung der gerinnungshemmenden Therapie sowohl mit Marcumar® als auch mit Heparin. Jetzt heißt er CoaguChek® Plus.

Blutplättchen (= Thrombozyten)
Blutplättchen bilden am verletzten Gefäß durch Verkleben einen Pfropf, in dem es dann zur Bildung eines Blutgerinnsels kommt.

Bronchoskopie
Lungenspiegelung. Mit einem flexiblen Instrument – ausgestattet mit einer Lichtquelle – kann man die Luftröhre und die Lunge untersuchen bzw. spiegeln.

Bypass-Operation
durch Einsetzen eines »Ersatzgefäßes« – meistens Venen von den Beinen – ausdauernde künstliche Umgehung eines krankhaft veränderten Abschnittes eines Blutgefäßes, z. B. eines Herzkranzgefäßes.

CoaguChek®
moderner Gerinnungsmonitor zur Überwachung der gerinnungshemmenden Therapie.

CoaguChek® Plus
moderner Gerinnungsmonitor zur Überwachung der gerinnungshemmenden Therapie sowohl mit Marcumar® als auch mit Heparin. Bis 1995 war der Handelsname dieses Gerätes Biotrack 512.

Cumarin
Wirkstoff, der die Blutgerinnung hemmt und in Gerinnungshemmern enthalten ist.

Diabetes mellitus
Zuckerkrankheit

Display
Anzeigefeld eines Gerätes

Ductus Botalli
kleine Verbindung zwischen der Hauptschlagader und der Lungenarterie, schließt sich normalerweise nach der Geburt.

Embolie
Verschleppung eines Blutgerinnsels in ein anderes Organ mit Verschluß des Gefäßes und Schädigung des Organs.

Endokarditis
Entzündung der Herzinnenhaut, meistens im Bereich der Herzklappen.

Falithrom®
der Handelsname eines langwirksamen Gerinnungshemmers, identisch mit Marcumar®.

Fallot'sche Tetralogie
schwere angeborene Herzfehlbildung.

Gastroskopie
Spiegelung des Magen-Darm-Traktes mit einem flexiblen Instrument, ausgestattet mit einer Lichtquelle.

Hämatom
Bluterguß, »blauer Fleck«

Hämorrhoiden
weiche, knotenförmige Erweiterungen der Mastdarmvenen, die zu Abgang von hellrotem Blut bei starkem Pressen führen können.

Heparin
Gerinnungshemmendes Medikament, das nur gespritzt (z. B. unter die Haut oder in die Vene) seine Wirkung entfaltet.

HOCM
Hypertrophe-obstruktive Kardiomyopathie. Örtliche, meist die Ausflußbahn der linken Herzkammer betreffende Dickenzunahme des Herzmuskels, insbesondere der Scheidewand zwischen rechter und linker Herzkammer.

Hypertonie
Bluthochdruck

Hypoglykämie
Unterzuckerung

Intrauterinpessar
»Spirale«, eingesetzt in die Gebärmutter zur Empfängnisverhütung.

Implantation
Einbringen eines künstlichen, stabilen Materials in den Körper, z. B. künstliche Herzklappe, künstliches Hüftgelenk, künstliche Zähne, Schrittmacher vorübergehend oder für immer.

INR
International Normalized Ratio (INR). Weltweit empfohlene Einheit für die Thromboplastinzeit-Bestimmung.

intravenös
Injektionen oder Infusionen in eine Vene. Abgekürzt i.v.

ISI
International Sensitivity Index (ISI). ISI ist die Abweichung der einzelnen, unterschiedlich hergestellten Thromboplastine im Vergleich zum WHO-Referenz-Thromboplastin.

Kardiomyopathie
Vergrößerung bzw. Erweiterung des Herzmuskels bei angeborenen, erworbenen, nicht entzündlichen und entzündlichen Herzerkrankungen.

Klappenrekonstruktion
weitgehende Wiederherstellung der Klappenfunktion,

z. B. nach Entfernen von Kalk oder von stark aufgeweiteten Klappenanteilen (= Rekonstruktion) durch Unterfütterung mit einem Ring.

Koloskopie

Spiegelung des Darms mit einem flexiblen Instrument, ausgestattet mit einer Lichtquelle.

Konakion®

Vitamin-K-haltiges Präparat, z. B. als Tropfen oder in Ampullen erhältlich. Fördert die Gerinnungsfähigkeit des Blutes.

Kontraindikation

»Gegenanzeige«. Es handelt sich um Umstände (z. B. Lebensalter, Schwangerschaft, Erkrankungen, Medikamente), die eine Behandlungsmaßnahme verbieten.

koronar

kranzförmig; hier: die Herzkranzgefäße, die den Herzmuskel mit Blut versorgen, betreffend.

Kumarin → siehe Cumarin

Marcumar®

der Handelsname eines langwirksamen Gerinnungshemmers, identisch mit Falithrom®.

Marcumarisierung

allgemein benutzter Begriff für die Behandlung mit einem Gerinnungshemmer, insbesondere mit Marcumar.

Mitralinsuffizienz

Schließunfähigkeit der Mitralklappe. Die Mitralklappe ist eine »zweizipflige« Herzklappe (wie Mitra = Bischofsmütze) zwischen linker Vorkammer (= Vorhof) (mit Blut aus den Lungenvenen gefüllt) und linker Hauptkammer. Sie verhindert bei der Kontraktion des Herzmuskels den Rückstrom des sauerstoffreichen Blutes in die Lunge.

Mitralklappenprolaps

Funktionsabweichung der Mitralklappe, die in der Regel keine Beschwerden macht. Bei der Kontraktion des Herzmuskels wölbt sich die Mitralklappe wie ein »Fallschirm« in die Vorkammer vor.

Mitralstenose

Verengung der Mitralklappe, die angeboren oder erworben sein kann. Eine Verengung einer Klappe stellt ein wirksames Fließhindernis des Blutes durch die Klappe dar.

modifiziert

abgeändert.

oral

über den Mund zugeführt.

Parodontalchirurgie

chirurgische Behandlung des Zahnhalteapparats.

Polyp

schmal- oder breitbasig gestielte, meist gutartige Schleimhautwucherung, besonders in Hohlorganen, wie z. B. Magen, Darm, Harnblase und Gebärmutter sowie in den Nasennebenhöhlen und am Zahnfleisch zu finden.

Prophylaxe

Verhütung, Vorbeugung, Maßnahmen zur Verhütung von Krankheiten.

Prothrombinzeit

Gerinnungszeitwert in Sekunden für die Bestimmung, z. B. des Quickwertes, der »Ratio« oder der »INR«.

Pulmonalstenose

Verengung der Pulmonalklappe mit wirksamem Fließhindernis des Blutes durch die Klappe. Herzklappe zwischen rechter Hauptkammer und der Lungenarterie. Sie verhindert bei der Erschlaffung des Herzmuskels den Rückstrom des sauerstoffarmen Blutes von der Lungenarterie ins Herz.

Quickwert

Gerinnungswert. 1935 von A. J. Quick zum erstenmal beschriebener Labortest zur Kontrolle der Gerinnungsfähigkeit des Blutes.

Rekto-Sigmoidoskopie

Spiegelung des Enddarms und des Darms mit einem flexiblen Instrument, ausgestattet mit einer Lichtquelle.

Stent

Gefäßstütze aus unterschiedlichem Material, die mit einem Katheter in das Gefäß eingesetzt wird. Sie soll bei drohendem Gefäßverschluß im Rahmen einer Dilatation diesen Gefäßabschnitt offenhalten. Das Metallgerüst biologischer Herzklappen nennt man auch Stent.

subcutan

unter die Haut. Abgekürzt s. c.

Tetanus

Wundstarrkrampf.

Thromboembolie
Verschleppung eines Blutgerinnsels mit Verschluß eines Gefäßes und Schädigung des dazugehörigen Organs.

Thrombophilie
Störung im Blutgerinnungssystem, die mit einer erhöhten Bildung von Blutgerinnseln im Körper einhergeht. Von dieser Erkrankung können mehrere Familienmitglieder betroffen sein.

Thromboplastin
die für den Gerinnungstest notwendige Testsubstanz, um die Gerinnungsmessung zu aktivieren.

Thrombose
Teilverschluß eines Gefäßes durch ein Blutgerinnsel.

Thrombus
Blutgerinnsel.

Ventrikelseptumdefekt
angeborener oder erworbener Defekt (»Loch«) der Kammerscheidewand.

Vorhofseptumdefekt
angeborener oder erworbener Defekt der Wand, die beide Vorhöfe voneinander trennt.

Zystoskopie
Spiegelung der Harnblase mit einem starren Instrument, ausgestattet mit einer Lichtquelle.

Sachverzeichnis

Die Deutsche Herzstiftung kämpft gegen Herz- und Kreislaufkrankheiten

- Sie hilft Ihnen, gesund zu bleiben – oder wenn Sie krank sind, mit Ihrer Krankheit besser fertig zu werden.
- Sie informiert über sinnvolle Möglichkeiten der Vorbeugung.
- Sie klärt über neue Behandlungsmethoden auf.
- Sie setzt sich für eine bessere Versorgung der Herzkranken ein.
- Sie fördert die wissenschaftliche Forschung.
- Sie veranstaltet Patienten-Seminare, auf denen erfahrene Herzspezialisten persönlich Rede und Antwort stehen.
- Sie betreut Selbsthilfegruppen.
- Sie gibt die »Zeitschrift der Deutschen Herzstiftung« mit allgemeinverständlichen Beiträgen namhafter Wissenschaftler heraus.

Die Arbeit der Deutschen Herzstiftung kostet sehr viel Geld. Dabei ist sie ganz auf die freiwillige Unterstützung durch ihre Mitglieder angewiesen. Unterstützen auch Sie durch Ihre persönliche Mitgliedschaft die Ziele und Aufgaben der Deutschen Herzstiftung.

Deutsche Herzstiftung e.V.
Wolfsgangstraße 20
60322 Frankfurt
Telefon 069/955128-0

Spendenkonto 101010 bei allen Banken, Sparkassen und beim Postgiroamt Saarbrücken.

Weitere Bücher aus dem TRIAS-Programm

Halhuber, C. (Hrsg.)
Leben mit der neuen Herzklappe
Früherkennung und Diagnose von Herzklappenfehlern · Medikamentöse und operative Behandlungsmöglichkeiten · Empfehlungen für das Leben mit der neuen Herzklappe
Ein Patientenbuch der Deutschen Herzstiftung e.V.
210 Seiten, 12 Abbildungen,
ISBN 3-89373-263-2

Halhuber, C. (Hrsg.)
Vor- und nach Bypaß-Operation oder Ballondilatation
Notwendige Untersuchungen, die Eingriffe, das Leben nachher
Ein Patientenbuch der Deutschen Herzstiftung e.V.
276 Seiten, 11 Abbildungen,
ISBN 3-89373-228-4

Middeke, M. / Posipil, E. / Völker, K.
Bluthochdruck senken ohne Medikamente
Risikofaktoren und Ursachen für Bluthochdruck · Erlaubte und empfohlene körperliche Aktivitäten · Rezepte für kochsalzarme, kaliumreiche Ernährung · Streßabbau und Entspannung
174 Seiten, 5 Abbildungen
ISBN 3-89373-158-X

Klaus Undeutsch
Bluthochdruck
Wie kann ich damit leben?
Die wichtigsten Fragen und Antworten
Ein Patientenbuch der Deutschen Herzstiftung e.V.
ca. 180 Seiten, ca. 15 Abbildungen
ISBN 3-89373-277-2

Krämer, G.
Dem Schlaganfall vorbeugen
Durchblutungsstörungen des Gehirns
Risikofaktoren, Warnsignale, Untersuchungs- und Behandlungsmöglichkeiten
322 Seiten, 61 Abbildungen
ISBN 3-89373-227-6

Schlierf, G. / Geiss, R. D. / Vogel, G.
Der Cholesterin-Ratgeber
Ursachen für erhöhte Blutfettspiegel. Mit richtiger Ernährung das Risiko senken
159 Seiten, 1 Abbildung
ISBN 3-89373-210-1

Klepzig, H. / Klepzig H.
Das kranke Herz
Informationsbuch und Ratgeber zu allen Herz- und Kreislauferkrankungen
Ein Patientenbuch der Deutschen Herzstiftung e.V.
208 Seiten, 47 Abbildungen
ISBN 3-89373-212-8

Funke, H. / Conrad, A. P. / Köllner, R. / Ermatinger, S. D.
Herzschrittmacher
Impulsgeber für »ein neues Leben im Takt«
Ein Patientenbuch der Deutschen Herzstiftung e.V.
ca. 150 Seiten, ca. 40 Abbildungen
ISBN 3-89373-231-4

Salzmann, P.
Erkrankungen der Blut- und Lymphgefäße
Krampfadern, Thrombosen, Schlagadernverkalkungen (Raucherbein), Wasseransammlung (Ödeme)
142 Seiten, 49 Abbildungen
ISBN 3-89373-196-2

Diehm, C. / Wilhelm, C.
Leben mit Gerinnungshemmern
Bei Herzrhythmusstörungen, Herzinfarkt, Raucherbein, Schlaganfall, Venenthrombose, Lungenembolie
Ein Patientenbuch der Deutschen Herzstiftung e.V.
199 Seiten, 78 Abbildungen
ISBN 3-89373-172-5

Diese Bücher sind im Buchhandel erhältlich.
Informationen erhalten Sie bei:

TRIAS THIEME HIPPOKRATES ENKE
Rüdigerstraße 14, 70469 Stuttgart